DIAS NO EXÉRCITO

Os Primeiros Anos de Reuben Cole Livro 2

STUART G YATES

Tradução por
MICHELE NOCE CAMILO

Ele estava sonhando. De volta ao rancho, correndo pelos campos, sua mãe logo atrás gritando toda alegre para que ele fosse mais devagar. Isso só o estimulou a correr ainda mais; braços e pernas pulsando, cabeça jogada para trás, olhos fechados, deleitando-se no puro prazer de estar vivo. Ele não viu a árvore caída até estar em cima dela. Acabou tropeçando e caindo de cabeça no chão. Falando sem parar, a voz preocupada da mãe o chamava enquanto ele caía.

- Acorde, Cole! Acorde!

Reuben Cole acordou sobressaltado e sentou-se assustado, mas instantaneamente alerta. O rosto grande e alegre do sargento Burnside preencheu seu campo de visão. Burnside, que o havia guiado durante o processo de alistamento, ajudando-o a encontrar seu caminho pelo acampamento, sorria amplamente. Cole havia passado uma noite desconfortável em uma cama de camping improvisada dentro de uma grande tenda.

- Arrume suas coisas e vou levá-lo para o seu quarto no quartel. É lá que você vai ficar a partir de agora.

Os dois homens marcharam pelo campo de parada, o sol nada mais era do que uma mancha em um amanhecer cinza e enevoado. Cole já se encontrava tremendo com sua camisa fina e surrada.

- O contramestre vai lhe dar algumas roupas - disse Burnside, dando uma olhada para Cole. - Vai estar um calor escaldante dentro de algumas horas, mas as manhãs são frias, assim como a noite. Você deve estar sempre preparado, soldado.

Parando abruptamente diante de uma longa fila de cabanas de madeira simples, Burnside apontou para a entrada de uma delas.

- A sua é aquela. Vamos, vou levá-lo para conhecer seus companheiros.

- Bom dia, cavalheiros - cumprimentou Burnside, e apresentou Cole a dois homens de aparência rude, que descansavam nos degraus da primeira cabana. Eles estavam vestidos com roupas de camurça, chapéus desleixados e tinham armas presas nos quadris.

- Estes são Alvin Cairns e Augustus Renshaw - apresentou Burnside. - Eles são do Kansas e são os melhores rastreadores que temos. Fique perto deles e aprenda o que puder. Não tem como errar, Reuben. Acredite em mim.

Essa foi a última vez que Burnside o chamou de Reuben. A partir dali, ele era o soldado Cole, batedor da Companhia D do 10º Regimento de Infantaria dos Estados Unidos, na Pensilvânia.

Cole ficou rígido e bateu uma continência bem treinada. Burnside sorriu, devolveu a continência de forma casual e foi embora.

- Ele deve gostar de você - disse Cairns com sua voz arrastada, cortando um pedaço de fumo de mascar vindo uma pochete que ele mantinha na cintura. - Nunca o vi tão alegre. Não é mesmo, Augustus?

- É verdade.

- Coma alguma coisa, jovem. Carregue suas armas e certifique-se de ter bastante água. Talvez um casaco ou algo parecido para mantê-lo aquecido. Nós vamos dar uma volta.

- Espere um minuto - disse Cole, rapidamente. - Dar uma volta? Aonde?

- Você vai ver em breve.

- Mas eu acabei de chegar. Preciso de tempo para conhecer tudo e todos. Além disso, não podemos simplesmente sair daqui sem contar a ninguém!

- Você acha que somos idiotas, seu fedelho?

- Pois é - disse Renshaw. - É isso mesmo? Você acha que somos idiotas?

- Eu nunca disse isso - protestou Cole, olhando de um rosto raivoso para outro. - Só estou me certificando, só isso.

- Se certificando? - Cairns riu, um som irritante e zombeteiro. - Quem você pensa que é, seu fedelho?

- É, quem você pensa que é?

Cole estava prestes a dizer alguma coisa, trazendo à tona o ponto óbvio de que Augustus Renshaw, com seu corpo grande e esguio elevando-se sobre ele, não passava de um eco do seu colega Cairns, quando decidiu contra tal ação. Esses homens pareciam e eram perigosos. Cada um ostentava um coldre com um revólver Colt Navy e tinham cabelo grisalho. Parecia claro para Cole que eles eram assassinos experientes, propensos à violência. Burnside deu a entender que Cairns era um rastreador habilidoso. Renshaw, no entanto, permanecia um mistério. Para começar, ele parecia sóbrio, o que era raro para qualquer soldado, muito menos para um batedor que passava a maior parte do tempo nas planícies. Talvez Cole devesse perguntar ao redor do quartel, descobrir sobre a reputação deles e se eram homens que não deveriam ser contrariados. Até então, ele decidiu manter a boca fechada.

- Pegue suas coisas no seu beliche, fedelho - disse Cairns. - E no futuro, faça apenas o que eu mandar. Chega de questionar a minha autoridade.

Cole assentiu com a cabeça uma vez, evitando o olhar frio de Cairns. Antes de sair, o rastreador cuspiu uma longa linha de suco de tabaco, que quase não acertou a bota de Cole. Renshaw deu uma risadinha.

- Eu não fiz por mal – disse Cole calmamente, achando melhor oferecer algum tipo de explicação.

Renshaw inclinou a cabeça.

- Apenas vá buscar suas coisas.

- Não quero que pense que eu sou... merda, me desculpe, é só o que eu estou tentando dizer.

A mão de Renshaw se moveu em um borrão, atingindo Cole de forma estrondosa na bochecha. Cole cambaleou para o lado. O golpe foi tão forte que quase lhe arrancou a cabeça.

- Não fale palavrões – disse Renshaw, e saiu, deixando Cole segurando o rosto dolorido, com os olhos marejados devido ao choque da agressão.

Entrando em seu quarto no quartel, ele evitou os olhares questionadores dos seus companheiros soldados, a maioria dos quais eram jovens recrutas como ele.

- O que aconteceu com você? - perguntou um jovem recruta, sentado no beliche ao lado da cama de Cole. Ele estava ocupado polindo suas botas, que pareciam prestes a se desintegrar.

Inconscientemente, Cole roçou as costas da mão na bochecha. Parecia quente ao toque. - Ah, nada.

- O sargento Burnside guardou seu equipamento debaixo da sua cama – disse o recruta, e estendeu a mão. - Andrew Stamp.

- Prazer em conhecê-lo - disse Cole, aliviado por encontrar um rosto amigável.

Sorrindo, Cole colocou a mão debaixo do beliche e puxou seu saco de dormir. Dentro dele, enrolada em um pano oleoso, estava a arma que seu pai lhe dera na manhã em que ele deixou o rancho. Era um revólver do Exército Remington-Beals 1858, o orgulho e a alegria do seu pai, e ele insistiu que Reuben o pegasse em vez do volumoso Colt Dragoon que ele havia adquirido. *"Vou levar esse velho confiável como reforço"*, ele disse ao seu pai.

Agora, agachado e pesando o Remington em suas mãos, ele sabia que precisava viajar com pouca bagagem. Ele deixou o

Dragoon para trás, pegou seu cobertor e cantil, e inclinou o chapéu em direção à Stamp.

- Vou ficar fora por alguns dias - disse ele.

- Ação? Você vai entrar em ação? Caramba, que inveja.

- Eu não ficaria muito ansioso para entrar em uma briga - interveio outro recruta, um sujeito forte que caminhou até eles. - Ouvi de alguns outros homens que o exército perdeu muitos companheiros da última vez que se misturaram com os rebeldes. Disseram que o lugar mais seguro para passar o tempo durante uma guerra é no alojamento.

- Não sei se o coronel concordaria - disse Stamp, voltando a polir. - Aonde você vai?

Cole deu de ombros.

- Não sei. É o meu superior imediato quem tem toda essa informação. Eu sou apenas um "fedelho", que é assim que ele continua me chamando.

- É o Cairns, o rastreador? - perguntou o homem largo.

- Sim, você o conhece?

- Eu sei quem é. Vi ele derrubar dois soldados há duas semanas. Aquele homem é mau, tão mau que tem um coração de pedra. Nunca vi ninguém se mover e dar socos como ele. Derrubou os dois no chão, um deles com a mandíbula quebrada. É melhor apenas manter a cabeça baixa e fazer o que ele diz.

- Acho que você tem razão - disse Cole. Ele abriu um sorriso de despedida para ambos e saiu para a luz do sol para encontrar o escritório do intendente e escolher um casaco.

CAPÍTULO DOIS

Eles não pararam naquele primeiro dia. Caminhando, os três com as abas dos chapéus abaixadas como proteção contra o sol incessante, finalmente acamparam perto de um pequeno riacho assim que o anoitecer se transformou em noite. Debaixo de alguns salgueiros, eles sentaram-se e comeram uma porção de biscoitos de milho e biscoitos secos.

- Vou fazer o café pela manhã - disse Renshaw, mas ninguém estava ouvindo. Exaustos por terem passado um dia longo andando a cavalo, cada homem se acomodou, e logo o único som era o dos seus roncos. - Acho que vou ficar na primeira vigília também - disse ele e enrolou um cigarro lentamente.

Foi como se Cole mal tivesse fechado os olhos quando dedos fortes e insistentes agarraram seu colarinho, sacudindo-o até acordá-lo.

- Cole - sibilou Renshaw. - Temos companhia.

Levantando-se subitamente, Cole instintivamente pegou seu revólver Remington-Beals e sussurrou:

- Quem? Onde?

- Lá adiante - disse Renshaw. Ele não era nada além de uma

mancha cinza escura contra a escuridão da noite, por isso Cole não conseguia distinguir sua expressão. No entanto, não havia como disfarçar a preocupação na sua voz.

- Você já acordou o Cairns?

- Cairns não está aqui.

- Não está? - Cole agarrou o braço de Renshaw e se levantou. - O que você quer dizer com "não está aqui"?

- Quero dizer que ele me disse que ia se aliviar - palavras dele, não minhas. Não dei importância no começo, mas já faz muito tempo que ele saiu. Depois, ouvi cavalos. Acho que eram mais ou menos uns seis. Senti o cheiro deles também. Acho que são rebeldes.

- Augustus, precisamos sair daqui. Não podemos enfrentar seis ou mais rebeldes. Eles já devem ter eliminado o Cairns. Vamos embora sem que ninguém nos veja.

- Do que diabos você está falando, seu covarde infeliz? Eu não vou deixar o Cairns para trás, de jeito nenhum!

Ele se soltou da mão de Cole e sacou sua própria arma.

- Fuja se quiser, seu infeliz, mas eu não vou a lugar nenhum até encontrar o Cairns.

- Eu não vou a lugar nenhum, merda. O que quero dizer é que devemos voltar ao quartel para trazer mais homens.

- Eu já lhe disse para não falar palavrões!

A mão voltou a aparecer, mas desta vez, Cole estava pronto. Ele bloqueou o golpe com o braço esquerdo e, com o outro, enfiou o cano da arma sob o queixo de Renshaw.

- Se fizer isso de novo, eu explodo essa sua cabeça maldita.

Os olhos de Renshaw brilharam na escuridão.

- É bom que você esteja falando a verdade, seu fedelho, ou eu farei o mesmo com você.

Cole sentiu a arma de Renshaw cutucar sua barriga e então gemeu:

- Eu não sou o ingênuo que você pensa que eu sou, isso eu garanto. Vamos resolver isso depois, assim que encontrarmos o Cairns.

- Tudo bem, mas vamos resolver isso, pode ter certeza.

A pressão na sua barriga diminuiu quando Renshaw se afastou. Cole grunhiu e devolveu sua arma ao coldre.

- Já que você não vai fazer a coisa certa, vamos tentar descobrir de qual direção os cavaleiros estão vindo, então vamos flanqueá-los para ver se conseguimos equilibrar um pouco as chances.

Eles adentraram silenciosamente na escuridão. Depois de alguns passos, Cole acabou perdendo Renshaw na noite, sua figura se misturando entre as árvores ao redor. Ajoelhando-se, ele fechou os olhos com força e fez o possível para ajustá-los melhor à escuridão. Quando os abriu novamente, ele conseguiu enxergar um pouco mais, mas não muito. O cheiro de suor de cavalo e couro, no entanto, estava mais próximo do que antes. Ele distinguiu algumas pedras e abaixou-se atrás delas com a arma na mão.

Os cavaleiros apareceram como fantasmas, vestidos de cinza avançando com extremo cuidado. Cole distinguiu seus chapéus, as carabinas nos braços e então, à medida que se aproximavam cada vez mais, as suas vozes.

- Eu lhe disse que eles estavam aqui. Não estão muito longe agora.

Cole franziu a testa, esforçando-se para ouvir.

- Temos que encontrá-los. - Veio o sotaque arrastado de um texano. - Se eles reportarem que encontraram nosso acampamento, isso acabará com os nossos planos.

- Nós vamos encontrá-los. Se eu conheço o Augustus, ele vai estar dormindo profundamente sonhando com a comida da mãe.

Alguns dos homens riram.

Cole rolou, pressionando as costas contra a rocha, e quase gritou sua frustração. Era Cairns. Ele estava levando aqueles rebeldes em direção a Cole e Renshaw para matá-los antes que eles tivessem a chance de descobrir qualquer coisa sobre o paradeiro dos rebeldes. Não havia outros batedores no acampamento e, depois de se livrar de Cole e Renshaw, com

Cairns sendo o único, ele poderia levar as tropas da União a uma série de problemas. Enquanto isso, os rebeldes manobravam para a retaguarda, e todos os planos do general McClellan para derrotar os confederados ao redor do rio Rappahannock seriam perdidos. Estava claro, pelo menos para Cole, que a única saída que restava era voltar ao acampamento para avisar os outros. No entanto, persuadir Renshaw poderia ser a parte mais difícil. O homem parecia ter uma ligação antinatural com Cairns; era mais como um cachorro amoroso do que um companheiro de trilha. Será que havia algo no passado deles que acabou os tornando tão próximos? Ou será que Cairns salvou a sua vida, o livrou de algumas enrascadas, ou garantiu que ele continuasse com seu papel de batedor no exército quando Renshaw parecia ter as habilidades mais limitadas? Tinha que ser alguma coisa.

Antes que Cole pudesse chegar a qualquer conclusão significativa, o farfalhar da vegetação rasteira pisoteada o fez se sentar. Ele sacou lentamente e engatilhou o revólver. Ele apertou os olhos na escuridão, mal se atrevendo a respirar. Eles devem ter percebido a sua presença de alguma forma. Engolindo seu medo, pois sabia sem sombra de dúvida que se o pegassem, eles o matariam, Cole se preparou para atirar.

- Cole? Inferno, onde está você?

Cole soltou um longo suspiro. Era Renshaw andando no escuro.

- Aqui - sibilou ele. - E pelo amor de Deus, fale baixo.

Renshaw rastejou para mais perto, respirando com dificuldade.

- Pensei que nunca o encontraria. - Ele se apertou contra a pedra. - Eles seguiram em frente, então não se preocupe. Acho que estão indo em direção ao nosso acampamento. Não sei como eles...

- Augustus, você precisa me ouvir. O que eu estou prestes a dizer vai lhe surpreender.

- O quê? Você quer dizer sobre o Cairns?

Cole sentiu seu coração disparar. Ele recuou em choque.

- Quer dizer que você já *sabe?*

- Claro que eu sei, seu idiota! Eu não tinha certeza sobre você, não até agora, por isso precisei manter essa farsa de tolo do sertão. Eu sou, o que é chamado nos círculos educados, de um espião.

- Um espião? Então quer dizer...?

- Quer dizer que eu trabalho disfarçado para o governo federal. Sabemos há algum tempo que rebeldes infiltrados estão trabalhando atrás das nossas linhas, recolhendo informações sobre os planos do major-general de enganar o general Johnston. Cairns faz parte dessa rede e agora eu tenho a prova.

- Nós vamos capturá-lo?

- Cole, ele não é o tipo de homem que você faz prisioneiro, não sem lutar. Não, o meu trabalho é matá-lo e depois reunir os outros o melhor que puder. Aqueles que o acompanham, e o resto de volta ao acampamento.

- Mas você não pode simplesmente matá-lo, Augustus! Isso é o mesmo que assassinato.

- O que você é, Cole, um pastor? Eu sei que você é jovem, então darei a devida consideração à sua opinião por causa disso, mas estamos travando uma guerra! Usaremos *todos* os meios disponíveis para minar e derrotar nosso inimigo.

- Incluindo assassinato?

- Incluindo *o que for preciso*! Agora, vamos. Se formos rápidos, poderemos flanqueá-los e abrir tanto fogo que eles acreditarão que uma tropa inteira está atacando seus traseiros.

CAPÍTULO TRÊS

Os cavaleiros acenderam tochas enquanto procuravam inutilmente pelos restos do acampamento de Cole e Renshaw. Ressoando através da escuridão, o som das suas vozes frustradas podia ser claramente ouvido, com a voz de Cairns constantemente encorajando e tranquilizando os outros. Enquanto escutavam, Renshaw pegou no antebraço de Cole, segurando-o com força.

- Merda, eu odeio aquele homem.

- Não fale palavrão, Augustus.

Cole ouviu a respiração violenta. Seu companheiro não gostou do seu sarcasmo.

- Cale a boca, seu fedelho, você não é engraçado. Concentre-se e seja sério. Aquelas tochas acesas iluminaram a posição deles perfeitamente. Podemos facilmente contorná-los. Vou passar para a retaguarda enquanto você se posiciona no flanco deles. Assim que eu abrir, você faz o mesmo.

- Você acha que essa é a melhor maneira, Augustus? Há meia dúzia deles, e acho que são bons no que fazem: matar.

- Eu pretendo derrubar o Cairns, fedelho. Faça o que eu digo e tudo ficará bem. Eu tenho dois Navy Colts que me servirão muito bem. Deixei meu Henry no nosso acampamento. Se eu tiver a chance, voltarei para encontrá-lo. Se levarem nossos cavalos, aí sim estaremos ferrados.

- Eu também tenho uma carabina no acampamento. Deveríamos ter esperado, ficado lá.

- Sempre mais sábio depois do evento, não é mesmo, fedelho? - Ele pigarreou e cuspiu no chão. - Vamos acabar logo com isso. Lembre-se, espere pelo meu sinal.

Com isso, ele desapareceu na noite, movendo-se com uma agilidade surpreendente. Observando-o partir, Cole sentiu um aperto no estômago e o suor brotando em sua testa. Quando verificou a munição do Remington, suas mãos tremiam incontrolavelmente. A situação o lembrou do que aconteceu quando ele e Henderson, o guarda-costas do seu pai naqueles primeiros anos, enfrentaram um bando de assassinos. Eles não se deram bem naquele dia. Aconteceria o mesmo agora? Ele não tinha como saber, então se sentou e tentou acalmar seus nervos... voltar sua mente para coisas mais agradáveis. Nada disso funcionou. Quanto mais tempo ficava sentado, mais seu estômago revirava. A bile subiu em sua garganta e, por um momento, ele pensou que iria vomitar. Engolindo-a, ele reprimiu uma tosse, levantou-se com dificuldade e foi na direção que esperava ser uma direção paralela a dos cavaleiros.

Em poucos passos, ficou claro que ele corria o risco de se perder. As tochas acesas desapareceram ao longe, e o cheiro dos cavalos e a conversa constante dos cavaleiros se tornaram nada mais nada mais do que uma lembrança. Desesperado, seus olhos dispararam em todas as direções. O pânico tomou conta dele e, quanto mais procurava e falhava, mais desesperado ficava. Irrompendo em uma corrida selvagem e mal direcionada, ele saltou sobre árvores caídas e rochas, pisando descuidadamente pela vegetação rasteira, o tempo todo se esforçando para ouvir alguma coisa, mas sem sucesso.

Ao sair de um emaranhado de arbustos e árvores menores, ele parou com os olhos arregalados, fazendo o máximo para captar qualquer detalhe. A percepção da sua estupidez lhe ocorreu tarde demais. Não era de se admirar que ele não pudesse mais ver as tochas. Os cavaleiros, todos menos um que já havia descido do seu cavalo, já as haviam extinguido algum tempo atrás. Agora eles estavam de pé, com as armas prontas, todas apontando para Cole enquanto ele se atrapalhava na clareira. O céu estrelado permitiu que ele visse os detalhes. De todos eles, o único homem que tomou toda a sua atenção estava montado em seu cavalo, com as mãos na sela, rindo copiosamente.

- Ah, meu Deus, se não é o fedelho! Peguem ele, rapazes, mas tomem cuidado, ele é um gato selvagem, ah é sim! - Mais gargalhadas acompanharam suas palavras, e Cole se sentiu afundando em um poço aberto de desespero.

Mãos ásperas o agarraram, e ele foi arrastado pelo mato até seu antigo acampamento. Eles o jogaram no chão, um dos homens segurando o revólver Remington de Cole no alto.

- Meu Deus, isto aqui é uma beleza - gritou ele, para a diversão dos seus companheiros. - Vou pegá-lo como meu troféu.

De costas no chão, apoiado nos cotovelos, Cole os observava com repugnância enquanto eles levavam seus cavalos para as árvores e os prendiam. O último foi Cairns, que deslizou preguiçosamente de sua sela e caminhou até onde estava Cole. Seus dentes brilhavam na noite que se retirava gradualmente. Cole calculou que dentro de uma hora, o amanhecer transformaria o céu noturno em cinza, e um novo dia traria consigo uma série de novos problemas. Se apenas Renshaw fizesse sua jogada, talvez a situação pudesse ficar equilibrada.

- Olhem só, é o fedelho. Que bom vê-lo novamente.

Cole ficou de pé, inconscientemente tirando a poeira de suas calças.

- Vá para o inferno, Cairns. Seu traidor filho da... - Do nada, um dos rebeldes avançou e deu um soco na mandíbula de Cole, derrubando-o no chão onde ele se contorceu, segurando o rosto, a dor queimando como se estivesse pegando fogo.

- Olhe a boca, rapaz - cuspiu o rebelde. - O único traidor aqui é você!

- Calma aí, Mal - disse Cairns, se agachando. - Ele é só um garoto aprendendo o que pode sobre o mundo aqui fora. Ele não entende dos caminhos dos homens ou da guerra.

- Isso não é motivo para falar mentiras e coisas erradas, Cairns. Vamos amarrá-lo.

- Não, não, vamos esperar um pouco, Mal. Onde está o Augustus, garoto?

Eles o espancaram quando ele não respondeu, dois dos outros segurando-o entre eles, um terceiro socando sua barriga, costelas e rosto com punhos envoltos em luvas de couro. Vários dos golpes foram dados com tanta força que quase derrubaram Cole, apesar dos homens que o seguravam. Sua boca se encheu de sangue, seus dentes racharam e os olhos afundaram na carne rapidamente inchada. Suas maçãs do rosto gritavam com a agonia criada por tantos socos bem desferidos. Em algum lugar em sua mente confusa, ele se lembrou da surra que havia levado de Jess, um dos vaqueiros do seu pai. Isso era muito pior.

- Tudo bem. - Ele ouviu Cairns dizer à distância. - Ele não vai contar. Soltem ele.

Os homens o deixaram cair, e a próxima sensação que invadiu Cole foi o gosto amargo e seco da terra dura em sua boca quando ele caiu de cara no chão, sem forças. Mas, não sem a sua resistência. Maldito fosse ele se lhes contasse qualquer coisa. Através da névoa vermelha que rodopiava diante dos seus olhos, ele estava vagamente ciente dos pés que se moviam à sua volta e, em meio aos gritos estridentes, Mal também gritou:

- Vamos enforcar ele!

Foi como se ele tivesse entrado em um sonho. Ele estava ciente dos homens o segurando, amarrando seus pulsos atrás das costas e o colocando nas costas de um cavalo. Havia muitos gritos e risadas, e talvez fosse a figura de Cairns em pé na sua frente, com os braços cruzados sobre o peito, com aquela risada zombeteira tão conhecida. Mas ele já não se importava mais. Seu corpo estava inundado de dor e seus sentidos em frangalhos.

Tudo o que ele desejava era o sono, o descanso abençoado, um fim à ignomínia de tal derrota.

Ele despertou quando colocaram a corda em volta do seu pescoço, as fibras ásperas cortando sua pele; ele deu um pontapé e lutou. É claro que todo o esforço foi inútil. Não havia escapatória, a inevitabilidade do seu destino terrível o agarrava com um terror indescritível. Sua vida jovem que mal havia começado, extinta na ponta de uma corda... linchada. Nem mesmo a moralidade de um julgamento. Apenas para balançar sozinho em um galho de árvore, esquecido, como uma presa fácil para os corvos. Ele protestou tal injustiça. Fervorosamente, ele se contorceu, puxou e torceu seu corpo em tentativas cada vez mais inúteis de se libertar. Todos os seus esforços foram em vão, e ele gritou:

- Vilões, assassinos! Vocês vão pagar por isso, todos vocês. No fogo do inferno, vocês...

- Cale a boca, garoto - disse Cairns bruscamente, e levantou a pistola. - Diga bom dia ao seu criador. - Ele afrouxou o martelo da arma em preparação para disparar e fazer com que o cavalo embaixo de Cole, galopasse para frente.

CAPÍTULO QUATRO

Do seu ponto de observação, a alguns passos de distância, Renshaw estava no meio do mato. Ele havia conseguido circular o grupo, e tinha recuperado seu Henry. Ele agora tinha os homens à vista, o céu que clareava rapidamente permitiu que ele distinguisse o grupo com muito mais clareza do que há mais ou menos dez minutos. Ele viu tudo... a maneira como eles bateram em Cole, como ele resistiu e não disse uma única palavra, apesar da crueldade dos golpes. O garoto era forte, disso não havia dúvida. Ele não merecia morrer assim, na ponta de uma corda após um linchamento.

Quando Cairns levantou sua pistola, Renshaw respirou fundo e fez pontaria com o cano do seu rifle. A arma explodiu, o cavalo disparou e Cole começou sua dança grotesca da morte. Renshaw mirou com cuidado e disparou.

O tiro único cortou a corda que sustentava Cole, que caiu no chão, como se suas pernas fossem de borracha.

Ele ficou deitado na terra, sem perceber muita coisa. Vozes. Tiros. Cavalos empinando e gritando. Tudo isso era uma confusão de ruídos sem substância real. Um pandemônio, em outras palavras. Seus sentidos abalados lutaram para tentar ganhar alguma consciência. Seu corpo estava vivo e com dor, principalmente sua mandíbula, que ele acreditava estar quebrada. O único pensamento que ele conseguia registrar sem nenhum esforço era simples, mas enorme em suas implicações - ele estava vivo!

Com seus sentidos se recuperando, embora lentamente, ele sabia que deveria encontrar sua arma. Mas onde procurá-la? Ao seu redor, os homens corriam de um lado para o outro, perdendo tiros no mato ao redor. A essa altura, a manhã já estava bem alta, o sol já estava escaldante e a visibilidade era boa, exceto que ninguém parecia saber de onde vinham os tiros. Cole percebeu que quem atacou o grupo de homens sabia exatamente o que estava fazendo, sempre se movendo, atirando e depois desaparecendo na cobertura.

Um dos cavaleiros ergueu os braços e caiu para trás sobre uma rocha, completamente morto. Quando ele deslizou para o chão, Cole aproveitou a chance e conseguiu chegar até o cadáver. Desesperadamente, ele pegou o revólver do morto e virou-se bem a tempo de ver Cairns, com o rosto enfurecido, mirando diretamente nele.

Cole se lançou para o lado momentos antes de duas balas baterem na rocha e ricochetearem para longe. Ele rolou várias vezes, fazendo o possível para continuar se movendo, mas Cairns também estava se movendo, atirando com seu revólver ao mesmo tempo. As balas voavam inofensivamente, dando a Cole tempo suficiente para se ajoelhar, mirar com cuidado e atirar na perna de Cairns. Ele gritou e caiu, agarrando a ferida enquanto o sangue pulsava, esguichando por entre os seus dedos.

Mais tiros. Outro cavaleiro caiu. Vários homens gritavam. Cole ficou atrás da rocha novamente e começou uma nova rodada, acertando um cavaleiro no ombro direito. A arma caiu da mão entorpecida do homem e ele caiu com as mãos juntas, implorando por sua vida. Seus companheiros estavam se retirando lentamente, atirando aleatoriamente em todas as direções, com o fedor de cordite espesso no ar, e nuvens de fumaça de pólvora negra atingindo o fundo da garganta. Naquela área pequena e contida, parecia não haver trégua do caos ao redor deles.

De repente, os cavaleiros restantes estavam fazendo uma pausa, correndo entre as árvores para encontrar seus cavalos. Cole caiu de costas e os observou recuar. Apenas o cavaleiro ferido permaneceu com os olhos lacrimejando e a boca trêmula...

- Por favor, pelo amor de Deus...

Ignorando-o, Cole verificou sua arma e descobriu que estava vazia. Ele a jogou fora com desgosto e estava prestes a sair em busca de outra quando Renshaw saiu do seu esconderijo, limpando metodicamente um de seus Colt Navy. Ele se aproximou do cavaleiro ajoelhado e balançou a cabeça.

- Homem, você tem que parar com essa choradeira.

Com uma calma infindável, Renshaw reajustou sua arma, girou o cilindro de uma forma extravagante e atirou na cabeça do cavaleiro trêmulo sem nem pestanejar.

Cole ficou boquiaberto, incrédulo, incapaz de encontrar forças para se mover ou falar.

Ignorando-o, Renshaw olhou ao redor para o que restava do acampamento.

- Onde está o Cairns?

Mesmo que quisesse, Cole não conseguia encontrar forças para falar. Renshaw havia assassinado o cavaleiro a sangue frio, um homem que claramente havia se rendido. Todas as regras da guerra lhe diziam que se um combatente se rendesse, ele deveria ser levado como prisioneiro. O que Renshaw havia feito, levou um nó de repugnância e raiva às suas entranhas.

- Seu desgraçado - sibilou Cole, ficando de pé.

O punho de Renshaw irrompeu em seu rosto, lançando-o para trás. Ele caiu no chão com um baque enjoativo e sólido, e ficou deitado, atordoado.

- Cuidado com a língua, garoto. Agora, eu lhe fiz uma pergunta: Onde está o Cairns?

Apoiando-se nos cotovelos, Cole inspirou um fio de sangue do nariz, pigarreou e o cuspiu.

- Eu atirei nele. Acho que ele escapou.

- Bom, isso é ótimo, seu idiota. O objetivo de tudo isso era levá-lo à justiça, e você, seu pedaço inútil de bosta, o deixou ir? - Balançando a cabeça, Renshaw começou a vasculhar o acampamento em busca de qualquer coisa que ele pudesse salvar. - Precisamos dos nossos cavalos - murmurou ele para si mesmo. - Temos uma longa viagem de volta até o quartel e, se não encontrarmos os cavalos, levaremos semanas. Está me ouvindo, garoto? *Semanas.*

Cole se levantou e permitiu que seus olhos pousassem no cavaleiro morto.

- Por que você o matou?

- Ele era um rebelde. Ele estava aqui para nos matar.

- Mas ele já havia se rendido, seu maldito!

Uma sombra negra caiu sobre o rosto de Renshaw.

- Continue falando assim, garoto, que a próxima bala que eu disparar vai ser direto no seu coração.

- Outro assassinato?

- Ninguém irá questionar o fato de você ter morrido sob fogo inimigo, então continue falando e logo estará se aconchegando ao seu amigo recém-enviado para o outro lado.

Cole estava prestes a falar quando notou que Renshaw estava apertando cada vez mais a coronha do seu revólver. Respirando fundo, ele decidiu não fazer mais comentários. Além do mais, ele estava se sentindo péssimo. O latejar na sua cabeça, depois de receber tantos golpes, era quase insuportável. No frenesi do tiroteio, ele havia se esquecido da surra que levara. Agora, com a paz finalmente se instalando, seus nervos em frangalhos não tinham nada para se concentrarem a não ser na dor que o envolvia.

- Temos que encontrar os cavalos deles. Por isso, vamos andando.

Cole, pressionando a mão contra a testa, deu uma outra

olhada em direção ao cavaleiro morto, se abaixou, pegou o revólver do homem e, contrariado, seguiu Renshaw por entre as árvores.

CAPÍTULO CINCO

Depois de algumas horas procurando, eles encontraram seus cavalos ao lado de um riacho que corria tranquilamente em alguns trechos da grama exuberante. Eles pareciam ilesos após a sua provação, menos Cole. A essa altura, a surra que ele havia levado anteriormente estava começando a lhe causar um grande desconforto. Durante o tiroteio furioso, toda a sua dor havia sido empurrada para os recônditos da sua mente, mas agora, com a normalidade voltando, a exaustão o dominou. O sangue escorria do seu nariz e boca, e o esforço para subir na sela trouxe uma onda de dor tão forte que ele quase vomitou.

- Garoto - disse Renshaw, balançando a cabeça e rindo para si mesmo. - Você precisa encontrar um pouco mais daquela força que eu pensei que você tinha. Me parece que aquela morte por misericórdia deixou você mole.

Inclinando-se sobre a sela, Cole lhe lançou um olhar cruel.

- Vá para o inferno, Renshaw. Aquilo não foi um assassinato por misericórdia. Foi assassinato, puro e simples.

- Se você disser isso no quartel, eu mato você. Entendeu, garoto?

No mínimo, o termo "garoto" irritou Cole mais do que "fedelho", mas mais uma vez, ele manteve seus pensamentos para si mesmo. Renshaw estava com um humor perigoso. Ele esperava que, desde que fosse com calma o suficiente, pudesse sobreviver até o quartel. Então talvez, pudesse receber algum conforto e cuidado do cirurgião do exército. Era o que ele esperava. Mas enquanto Renshaw estimulava seu cavalo e o fazia galopar, ele duvidava de que tal esperança se concretizasse tão cedo. Renshaw se preocupava com uma coisa, e com uma coisa só - ele mesmo. Cole pensou que deveria haver uma recompensa pela cabeça de Cairns. Isso explicaria o desejo quase fanático do homem de vê-lo morto. Isso era algo que Cole teria que verificar quando estivesse bem o suficiente. No momento, o pensamento mais urgente era como cavalgar sem dor. Ele tinha certeza de que suas costelas estavam quebradas. Ele tinha ouvido de alguns dos homens que, muitas vezes, uma lesão poderia sangrar por dentro, e tal pensamento o aterrorizou.

- Garoto - disse Renshaw enquanto freava seu cavalo e se torcia na sela para estudar seu jovem companheiro. - Eu não vou esperar por você. Se continuar assim, vou deixá-lo para trás.

Cole já não tinha mais força e nem vontade de responder. A última coisa da qual ele se deu conta foi de Renshaw galopando e deixando-o à própria sorte. Com o sol nas costas, ele se agarrou à crina do seu cavalo e rezou para chegar ao quartel inteiro.

Ele se lembra da água fria espirrando em sua boca.

Uma voz calma e preocupada perguntava seu nome.

A voz era de uma mulher; depois a voz de um homem, e então mãos o levantaram. De alguma forma, ele pergunta quem são eles e onde ele está. As respostas são murmuradas, nada definitivo. Ele não se importa. Ele permite que quem quer que seja, o leve para onde quiserem.

Há um rosto. Um rosto grande e robusto com um sorriso. Por que ele está sorrindo?

- Cole. - Uma voz a quilômetros de distância pôde ser ouvida. - Cole, tenho que admitir que você é um cara durão.

É Burnside. Tem que ser ele, o homem que o recrutou há tanto tempo. Ele tenta se concentrar na lembrança, para dar a si mesmo algo a que se agarrar, algo para reconhecer. Mas então o mundo recua mais uma vez e ele desliza para o abraço suave e acolhedor da inconsciência.

Ele acha que está sentindo o cheiro de algo medicinal. Limpo. Lençóis de cama novos. Um travesseiro grande e macio. Alguém está lavando a sua testa. Que cheiro é esse? É algo doce que ele costumava sentir enquanto estava sentado ao lado da mãe enquanto ela se agarrava à vida.

- Reuben? *Cole,* você está ouvindo?

Ele pisca e abre os olhos. O rosto gentil e ansioso de um homem que ele nunca havia visto antes preenche sua visão. Um homem vestido com uma camisa de mangas compridas, suspensórios grossos nos ombros - mas não tão grossos quanto o bigode grande que ele ostenta com um orgulho nítido - olha para ele. Ele sorri e enfia um charuto na boca.

- Bom dia, Reuben. Como está se sentindo?

- Como se eu tivesse sido atropelado por uma locomotiva a vapor. - Cole colocou o antebraço sobre os olhos para bloquear as luzes brilhantes do cômodo. - Onde estou?

- Você está de volta ao quartel. Não sei como você fez isso, mas conseguiu voltar para cá. Você é um prodígio, meu jovem.

- Eu não me lembro de muita coisa, mas acho que o meu cavalo que deveria levar o crédito.

- Não me surpreende que sua memória esteja bagunçada. Você levou uma surra e tanto, Reuben, e vai precisar descansar por alguns dias, mas não há nada que ameace sua vida.

Reuben tentou se mover, mas a dor em seu corpo se mostrou muito forte. Esforçando-se para olhar, ele notou o curativo em volta do peito, tão apertado que ele mal conseguia respirar.

- Você quebrou algumas costelas. Seu nariz e mandíbula não

estão quebrados, então você tem sorte; manterá sua boa aparência!

Ele riu, mas Cole não conseguiu acompanhá-lo. Em vez disso, ele gemeu e estremeceu. Quanto mais consciente ficava, mais desconforto sentia.

Ele tentou dormir o máximo que pôde.

Durante os dias seguintes, ele descansou. À sua volta, o ocasional ajudante aparecia, trazendo-lhe sopa - sua mandíbula estava muito inchada para mastigar sólidos - e bebidas. Na quarta manhã, com muito encorajamento do médico do exército, ele se sentou, cuidou de si mesmo, tomou banho e tentou fazer alguns exercícios de alongamento.

Da porta, uma jovem de não mais de quinze anos o estudava, com um sorriso travesso em seu rosto lindo.

- Penny, saia daqui - disse o médico ao vê-la.

- Ah, papai, eu não vou fazer nada.

- Eu sei, e é por isso que eu quero que você vá embora. Agora vai, saia daqui. O pobre rapaz precisa descansar.

- Ele não parece pobre de onde estou. Ele me parece muito bem.

Cole riu.

- Não estou me sentindo muito bem, menina.

- Pode me chamar de Penny, assim como todo mundo.

Com isso, a paciência do médico se esgotou e ele a empurrou porta afora e a fechou atrás dela com um estrondo retumbante.

- Ela é igualzinha à mãe, nunca faz o que lhe mandam.

- É bom ver um rosto bonito, doutor.

- É? Está se sentindo melhor?

- Um pouco. Eu acho. Me deixe ver... - Ele tentou outro alongamento e estremeceu quando uma pontada de dor percorreu seu corpo.

- Essas costelas demorarão um pouco para sarar completamente - explicou o médico, enquanto Cole, tentando respirar, se levantou lentamente da cama. Ele esperou, preparando-se para outra pontada de dor, mas quando não sentiu nada, começou a se mover pelo cômodo apertado, tateando de um móvel para outro em busca de apoio. Ele estava disposto a fazer o que fosse preciso para devolver os movimentos aos seus membros. - Você tem que ser paciente, Reuben. Você é jovem e saudável, por isso logo estará recuperado. Só não se esforce demais. Você está com duas costelas quebradas. Eu diria que o homem que o atacou deve ter sido um grande lutador de boxe.

- Ele é um assassino... - Ele engoliu suas palavras, balançou a cabeça e desabou na beirada da cama.

Houve uma batida na porta. Um soldado jovem entrou e bateu continência.

- Desculpe-me por incomodá-lo, senhor, mas o coronel quer falar com Cole em seus aposentos assim que for conveniente.

- Isso é gentil da parte dele - murmurou o cirurgião. - Você está disposto a caminhar até os aposentos do coronel, Reuben?

- Acho que sim. De qualquer maneira, vou tentar.

O médico sorriu.

- Bom homem! Muito bem, soldado. Por favor, informe ao coronel que Reuben Cole comparecerá na próxima meia hora mais ou menos.

O soldado bateu continência novamente, se virou e foi embora.

O médico foi acompanhar Cole.

- Quero lhe agradecer, senhor, por tudo o que fez por mim.

Da porta, o médico sorriu, sua mandíbula estava ligeiramente avermelhada.

- Não precisa agradecer. Você teve sorte de ter vindo no dia em que chegou, porque daqui a alguns dias o exército voltará a se mover e acho que haverá um combate sério com os rebeldes. Dizem que eles têm um novo comandante chefe, que não é apenas um velho durão, mas um soldado excelente. O nome dele é Lee, ou pelo menos é assim que eu entendi. Ele está substituindo Johnston, que foi ferido em Fair Oakes. As coisas vão ficar bem complicadas, meu jovem. E nada disso irá cessar até que toda essa bagunça sangrenta acabe.

. . .

Eles construíram o forte temporário rapidamente e era óbvio. As paredes de madeira já estavam empenadas e algumas quase em colapso. Seria preciso um homem corajoso para subir a escada grosseiramente talhada até o topo da única torre de vigia. Abaixo, dos dois lados do campo de parada, havia construções baixas e varandas sustentadas por postes instáveis, mas a estrutura mais sólida era onde o coronel tinha seus aposentos. Em um cômodo dentro deste, Cole encontrou seu comandante debruçado em sua mesa sobre um grande mapa de campanha. Havia oficiais ao lado dele. Todos pareciam sérios enquanto Cole dava o seu melhor para bater continência. Ele se sentia claramente constrangido em suas roupas de batedor rasgadas e esfarrapadas e sua incapacidade de ficar ereto. No entanto, o coronel, ao erguer os olhos e estudar o jovem batedor, não pareceu reparar em nada disso. Em vez disso, ele sorriu e deu a volta na mesa com a mão estendida.

– Reuben Cole! Prazer em conhecê-lo, meu jovem!

Ele apertou a mão de um Cole incrédulo.

– Não fique tão chocado. O que você fez nos últimos dias, filho, é inacreditável! Quantos anos você tem mesmo?

Cole teve que se controlar para não deixar que a verdade escapasse. Em vez disso, ele disse fracamente:

– Dezoito, senhor.

– Dezoito? – Ele levantou uma sobrancelha. – Ora, vejam só... Senhores, este é o espírito da nossa União. Jovens dispostos a arriscar suas vidas para manter o nosso glorioso país unido!

Os outros oficiais entraram na conversa com uma coleção de felicitações e elogios. Cole ficou ali com o calor subindo em seu rosto, desejando poder se virar e sair dali correndo. Em vez disso, ele conseguiu murmurar alguns agradecimentos.

– Está pronto para conversarmos, filho?

– Estou, senhor.

– Que bom. Danebridge, traga uma cadeira.

Um dos oficiais rapidamente pegou uma cadeira de encosto duro que estava por perto e a aproximou de Cole, que se sentou com todo o cuidado que pôde, estremecendo quando a dor cortou suas costelas.

Olhando-o com interesse, o coronel se recostou na mesa e cruzou os braços.

- Cairns nos causou uma série de problemas por mais de seis meses, filho. Como sabe, o general McClellan planejava atacar e subjugar Richmond. Depois de Williamsburg, tentamos um assalto anfíbio, que acabou frustrado. Os rebeldes pareciam conhecer todos os nossos movimentos. Ou eles eram extraordinariamente sortudos ou tinham algum aviso. Agora sabemos que era a segunda opção. Cairns estava passando as informações a eles. Cada passo que dávamos era telegrafado para Johnston e seu exército. Nosso homem, o tenente Renshaw, conseguiu conquistar a confiança de Cairns, e todos nós sabemos o que aconteceu a seguir. Você atirou nele, não foi?

- Cairns, senhor? Sim, atirei. Na perna. Infelizmente, ele ainda conseguiu escapar.

- E você conseguiu fazer isso apesar de ter recebido a maior surra da sua vida.

Cole abaixou a cabeça, incapaz de manter o olhar do coronel.

- Sim, senhor.

- Estou escrevendo uma carta de recomendação ao general pelo que você fez, jovem. Uma citação.

- Minha nossa... - O coração de Cole disparou. Ele ficou imóvel olhando para o coronel, incapaz de falar. Tudo o que conseguiu foi abrir um sorriso patético e dar um leve aceno de cabeça. Seu rosto estava tão quente que ele sentia como se fosse explodir em chamas.

- Filho, você se comportou com extraordinária bravura e é justo que seja oficialmente elogiado. E isso é graças ao Renshaw, pois foi ele quem detalhou o que aconteceu.

E mais uma vez, Cole ficou chocado com a revelação. Renshaw, que ele acreditava que ficaria feliz em deixá-lo morrer, aquele cujas piadas e críticas constantes deixavam Cole distraído, era o responsável por elogiá-lo aos quatro ventos?

- É o seguinte, meu jovem - disse o coronel, empurrando-se para fora da mesa, seu rosto agora uma máscara perfeita de seriedade. - O regimento sairá em menos de duas semanas para se encontrar com o resto do Exército do Potomac. Não posso dizer muito sobre o que está acontecendo, mas a coleta de informações é essencial. Juntamente com a contraespionagem, é claro. Queremos que você saia novamente, encontre-o e anule suas operações.

- Cairns?

- O próprio. Eu entendo que você não está se sentindo bem agora, mas o tempo está contra nós. Então você e Renshaw partirão novamente daqui cinco a dias. Meu conselho, jovem, é que você chegue a um nível de condicionamento físico que o deixe em uma boa posição para enfrentar os rigores que o aguardam.

- Sim, senhor - disse Cole, automaticamente. - Vou começar imediatamente, voltar à forma. - Ele inconscientemente deu um tapinha no quadril onde sua pistola costumava ficar.

- Renshaw me disse que você é um rastreador de primeira classe. Não há mais ninguém do seu calibre, meu jovem. É por isso que eu preciso de você; nós precisamos de você. Todos nós.

- Eu não vou decepcioná-lo, senhor.

O sorriso do coronel se alargou.

- Disso eu não tenho dúvida, filho.

Levantando-se, Cole bateu continência rigidamente e saiu.

Parado ali, encostado em um poste, estava Renshaw, com um sorriso irônico no rosto. Ele estava mastigando um pedaço de tabaco, e cuspiu um longo jato quando Cole se aproximou.

- Está preparado, fedelho?

Cole suspirou.

- Você não para nunca, não é, Renshaw?

- Parar? Parar com o quê?

- As represensões, as observações. Eu não sou nenhum

fedelho, Renshaw, nem sou seu garoto. Você teria facilmente me deixado lá para morrer, provavelmente levando toda a glória sozinho.

- Parece que você entendeu tudo errado, Cole. Fui eu quem recomendou sua bravura ao coronel.

Cole não pôde deixar de sorrir para Renshaw por tê-lo chamado pelo seu nome verdadeiro. Uma vitória pequena, mas ainda sim uma vitória.

- É, o coronel me contou. Você só fez isso porque eu sobrevivi e você ficou com medo de que eu pudesse denunciá-lo. Você não teve escolha.

- Um pouco de gratidão seria bom, seu idiota ignorante.

- Pelo quê? Você me deixar lá para morrer?

- Se eu tivesse deixado você para trás, você estaria morto.

- Eu cheguei até aqui sozinho, Renshaw, enquanto você sem dúvida estava molhando sua garganta seca no refeitório.

- Você está querendo levar outra surra.

- Você acha? Ainda temos assuntos inacabados, você e eu. Eu não esqueci o que se passou entre nós.

- Eu também não.

- Que bom. Porque quando isso acabar, pretendo ensiná-lo uma lição, Renshaw. - Ele inclinou a cabeça e segurou o olhar furioso do homem. - Em uma luta justa, Renshaw. Se é que você é capaz disso.

Renshaw zombou, se virou e foi embora. Cole não sentiu nenhum prazer em vê-lo abaixar a cabeça ao entrar no refeitório, uma ação que confirmou tudo o que Cole achava do homem.

CAPÍTULO SEIS

E le se afastou um pouco do quartel até uma clareira isolada, protegida do sol do meio-dia pelos galhos pendentes das árvores invasoras. Ali, no frescor da vegetação manchada, ele organizou alguns pedaços de madeira, mediu doze passos e sacou sua pistola. Ele disparou cuidadosamente tiros de um Colt Patterson que havia emprestado de um dos seus colegas recrutas no alojamento.

Inevitavelmente, como ele mesmo havia adivinhado, os primeiros tiros passaram longe do alvo. Depois de quatro tiros, ele abaixou a peça, acalmou a respiração e tentou novamente. O quinto tiro acertou um pequeno canto de um dos pedaços de madeira. Com deliberada lentidão, ele recarregou o cilindro de cinco câmaras. Felizmente, esse modelo mais novo era equipado com uma alavanca de carregamento articulada, então não havia necessidade de desmontar a arma. Era uma arma boa e, quando Cole finalmente mirou o cano longo para baixo novamente, grunhiu de satisfação quando a primeira bala atingiu o centro do pedaço de madeira.

A partir daí, era um processo simples de mirar, apertar e disparar, descarregando cada projétil com uma precisão infalível.

Ele riu para si mesmo enquanto abria a alavanca de recarga para limpar a arma mais uma vez.

- Você é o que chamam de natural, Sr. Cole.

Ele se virou e ficou surpreso ao ver Penny, a filha do médico do exército, sentada em um tronco de árvore caído no chão, com as mãos em torno de uma cesta de junco em seu colo. Ela usava um vestido de verão azul claro estampado, com um gorro perfeitamente combinando em sua cabeça. Sua boca ficou seca enquanto ele olhava para ela, incapaz de falar, com o coração batendo forte na garganta.

- Não fique tão chocado, Sr. Cole. - Ela deslizou do tronco e caminhou em direção a ele com tanta confiança e graça que fez Cole cambalear para trás, fazendo com que todos os pensamentos sobre a arma em sua mão fossem esquecidos. - Tenho certeza de que você já recebeu elogios antes, não é verdade?

O sorriso dela era caloroso e amigável, seus olhos travessos brilhavam, assim como quando ele a viu pela primeira vez e a achara tão fascinante. Agora, com ela tão perto, o cheiro do seu perfume em suas narinas, ele mal conseguia respirar, muito menos pensar. Ele apenas ficou boquiaberto.

- Você está bem, Sr. Cole? - Ela deu uma pequena gargalhada e olhou para o céu. - Está um dia lindo. Você vai passar o tempo todo praticando?

Ele murmurou algo incoerente, balançando a cabeça furiosamente.

- Não? Ah, porque eu esperava que você pudesse me acompanhar em uma caminhada curta até o rio. Nós poderíamos procurar galinhas-d'água e os galeirões. Nunca se sabe, podemos ter sorte e encontrar um martim-pescador.

Ela pegou a mão dele. Com os olhos arregalados, ele a observou dobrar os dedos ao redor dos seus.

- Vamos?

Mudo, incapaz de resistir, ele se deixou guiar através das árvores ao redor e eles desceram um pequeno declive até chegarem a um afluente. Os pássaros cantavam acima do som suave da água caindo sobre as rochas, mas Cole não ouvia nada disso. Seu mundo, junto com a sua percepção, haviam sido sequestrados pela beleza daquela garota.

Eles se sentaram e ela ficou olhando para o rio enquanto ele a observava. Nada na natureza era mais belo do que ela, ou assim parecia a Cole naquele momento. Enquanto ele estudava seu belo perfil com lábios carnudos e nariz arrebitado, ele finalmente encontrou coragem para falar:

- Senhorita, humm, eu não...

- Pode me chamar de Penny, Sr. Cole. Meu pai me disse que seu nome de batismo é Reuben, é verdade?

Ele assentiu com a cabeça fracamente.

- Penny. Sim... eu, humm, Penny... o que é um galeirão?

Ela franziu a testa, olhando para ele.

- Você não sabe o que é um galeirão?

- Não, e nem uma galinha-d'água. Martim-pescador, acho que já ouvi falar deles, mas não sei muito sobre rios, pois nasci e cresci em um rancho. Agora sobre cavalos eu sei! Mas não sobre galeirões.

Ela riu.

- Você é engraçado, Reuben. Um rancho? Bom, deixe-me ver... Um galeirão, assim como uma galinha d'água, são pássaros que são encontrados perto da água. Eles *vivem* na água. O martim-pescador, mais precisamente, guarda-rios, é o que seu nome implica. Ele pesca. Ele fica esperando em um galho saliente, analisando as águas, esperando por aquele clarão prateado e então... - Ela atirou sua mão para baixo encenando sua fala. - ...ele mergulha e ataca. É um deleite observá-lo, Reuben.

Enquanto ela falava, os olhos dele se fixaram na sua boca, a forma como os lábios dela formavam cada palavra, cada sílaba, o deixou hipnotizado. De algum lugar, ouvia-se risos. Ele piscou e emergiu do seu devaneio para encontrá-la olhando para ele, rindo.

- Você está me ouvindo, Reuben Cole?

Ele ergueu as mãos, de repente apavorado por tê-la ofendido.

- Sim! Estou sim, senhorita, quero dizer *Penny*. Claro que estou ouvindo. O que você está me dizendo é interessante. Não sei nada sobre pássaros.

- Então, Reuben Cole, estar comigo é algo, digamos, educativo.

Ele não tinha certeza se ela estava zombando dele, então permaneceu calado. Apesar do seu coração estar retumbando no peito, o inchaço em sua garganta estava diminuindo e ele estava ficando mais confiante. Ela ainda o amedrontava, no entanto, a confiança dela o enervava até o âmago do seu ser. Mesmo enfrentar Cairns e aqueles vários cavaleiros rebeldes era nada comparado com o efeito que ela estava causando nele!

- Eu gostaria que você fosse jantar conosco, Reuben. - Ele virou a cabeça para ela, boquiaberto. Mais uma vez, perplexo, ele não conseguiu dizer uma palavra. - Falei com papai e ele concordou. Ele disse que você é um jovem de qualidades admiráveis e com um espírito excelente. Não costumo ouvir papai falar assim de alguém. Há tantos jovens vindo para o quartel agora, alguns dos quais parecem tão jovens, tão inocentes, e fico triste em informar que alguns não voltam depois de incursões com o inimigo. Você, por outro lado, é diferente. Dezoito anos, mas você tem a conduta de alguém muito mais velho.

- Por favor, Penny - disse ele, erguendo a mão. - Pare. Eu não estou acostumado com elogios e isso... bom, para ser honesto...

- Ah, sim, Reuben, *seja* honesto.

Ele piscou várias vezes.

- Elogios... pessoas me dizendo o quão bem eu me saí. Para dizer a verdade, tudo isso faz eu me sentir desconfortável.

- Isso é o que chamamos de modéstia, Reuben, e não há nenhuma razão para se envergonhar disso. Mas você irá jantar conosco; e eu prometo que me absterei de elogiá-lo demais.

Ela riu e esperou que ele se juntasse a ela, o que a fez rir ainda mais alto e por mais tempo depois que ele o fez.

- Esta noite. Às sete - acrescentou ela, quando ambos finalmente pararam.

- Será um prazer.

- Eu sei.

Eles voltaram a rir, o som percorrendo quase todo o caminho de volta ao quartel.

Do outro lado da mesa de jantar, Reuben estava sentado e esperando com as mãos no colo. Ele sabia o suficiente sobre etiqueta para saber que era impróprio colocar os cotovelos na mesa. Ele se sentia um pouco como um menino colocado sob escrutínio pelos mais velhos e superiores. Vestido com uma jaqueta boa, limpa e bem escovada, que ele pegou emprestada de outro colega recruta, ele fazia o possível para sorrir e assentir graciosamente sempre que a mãe de Penny se aproximava do seu ombro para pegar seu prato vazio e servir-lhe novamente.

- Meu Deus, Reuben - disse Penny. - Você realmente tem um grande apetite.

Ele lançou um olhar rápido para o médico, que estava sentado na ponta da mesa com uma camisa branca engomada, adornada com uma gravata borboleta e um colete preto e castanho-avermelhado.

- Não há nada de errado nisso, Pen - disse o médico.

- Não, eu não quis dizer isso como uma crítica, e sim como uma observação.

- Suponho que longos dias cavalgando e comendo nada mais do que biscoitos secos e doces, abririam o apetite de um homem por uma boa comida. Você também não acha, Reuben?

- Com certeza, senhor.

- Então coma o quanto quiser, Reuben - disse a mãe de Penny, voltando para o cômodo com uma grande tigela de batatas fumegantes. - Você quer mais bife?

- Ah, não, obrigado, senhora - respondeu Cole entre garfadas. - Já está ótimo.

- Bem, nós temos bastante. Aqui. - Ela colocou batatas no prato dele e derramou um molho grosso sobre elas. - Nós temos vinho.

- Temos? - perguntou o médico, olhando para ela com os olhos arregalados sem acreditar. - Nossa, *isto* é que é um banquete!

A noite continuou com muitas risadas e Cole, relaxando pela primeira vez em muitos meses, encontrou-se lentamente revelando mais sobre sua vida do que havia planejado. Mais tarde, saindo para um passeio pelo jardim impressionante do médico, Penny o puxou para um balanço que ficava em um canto mais distante. Acomodando-se, Cole a observou. Ela parecia tão feliz, tão cheia de vida. Ele a invejou e desejou que ele também pudesse estar tão à vontade consigo mesmo e com o mundo.

- Você é jovem e já viu muita coisa nessa vida, Reuben - disse ela de repente.

As palavras dela o pegaram desprevenido. Ele enfiou os polegares no cinto e desviou o olhar, sem jeito e desconfortável.

- Acho que sim.

- O que você estava dizendo durante o jantar, sobre cavalgar no campo, sobre aquele índio... qual era o nome dele mesmo?

- Urso Marrom.

- Eles têm nomes estranhos, não é mesmo? Recentemente eu li O Último dos Moicanos, de Fennimore Cooper. Você já leu?

- Não.

- Há muitos nomes curiosos nesse livro. O vilão é um huroniano chamado Magua. Traduz-se como Raposa Astuta.

- Acho que esse é provavelmente um nome que o autor lhe deu. Eu só conheci um nativo, que é o Urso Marrom. Não sei como ele chegou a esse nome.

- Um selvagem, sem dúvida.

Ele inclinou a cabeça, franzindo a testa.

- Ele foi talvez o homem mais honrado e corajoso que eu já conheci. Ele salvou minha vida.

Ela olhou para ele e pareceu chocada quando disse:

- Ah, céus. É sério?

- Eu não diria isso se não fosse verdade. Senhorita Penny, você que mora aqui, não muito longe de um acampamento de soldados nos tempos mais perigosos, deve saber que esta terra está cheia de todo o tipo de histórias. A maioria delas são falsas, mas essa eu lhe asseguro que é totalmente genuína.

- Você disse que salvou a vida *dele*, mas não disse nada sobre ele retribuir o favor.

- Eu não classificaria isso como um favor, Penny. Não foi planejado, ele reagiu, assim como eu, a uma situação grave.

- Mas para salvar sua vida, isso é admirável, Reuben. Um ato honroso. Como o seu.

Sentindo o calor subindo em seu rosto, ele desviou o olhar novamente.

- Eu não sei.

- No entanto, estou surpresa. Já ouvi homens falando que os índios são sanguinários. Eles invadem, assassinam, escalpelam e várias outras coisas muito mais vis.

- É o que temos feito com eles desde que os brancos chegaram a esta terra. Essa é a verdade. Quanto ao escalpelamento... bom, isso não é um ato tradicional, Penny... não é algo que eles faziam naturalmente.

- Eu não afirmo conhecer toda a história, mas o romance de Fennimore Cooper me ensinou muito. Esta é uma terra brutal, como você disse, mas é uma terra que está sendo domesticada. Tenho certeza de que depois que essa guerra terrível acabar, experimentaremos uma nova era de liberdade e igualdade. Você não acha?

- Eu não faço ideia. Liberdade... não tenho certeza do que é isso. Eu tenho me sentido *livre* quando estou no campo e tenho só a mim com quem me preocupar, mas não tenho experiência suficiente para julgar essas coisas. Eu ainda sou muito novo, senhorita Penny. Posso parecer um homem durão que está pronto para tudo, mas não estou, e isso é mais do que certo.

- Fico feliz por isso, Reuben. Eu gostaria que fôssemos amigos.

- Eu também, senhorita Penny. Eu também.

Ela soltou o ar meio sorrindo.

- Penny, apenas Penny.

Ele assentiu com a cabeça e sorriu.

Depois de voltarem para casa, Cole agradeceu ao médico e sua esposa por tê-lo convidado. No alpendre principal, quando foi descer os degraus para o caminho que levava ao quartel, ele parou e se virou para Penny.

- Obrigado - agradeceu ele, cuidadosamente reposicionando seu chapéu. - Eu me diverti bastante, Penny. Espero poder vê-la em breve.

- Ah, Reuben. - Ela desceu os degraus e passou os braços ao redor dele. - Não quero que você vá embora. Quero que você fique no quartel e me visite sempre que puder.

Ele ficou parado como uma árvore, rígido e inflexível... as palavras dela confundiram as suas emoções.

- Eu não tenho muita escolha, Penny. Terei que sair novamente dentro de alguns dias, encontrar o Cairns e...

- Eu não quero saber os detalhes - disse ela bruscamente, afastando-se dele com os olhos brilhando em lágrimas. - Eu só quero que você volte em segurança. Fui clara?

Ele forçou um sorriso, pensando ser a resposta certa.

- Farei o meu melhor, Penny. Eu prometo.

- Eu quero saber tudo sobre você, entendeu?

- Talvez pudéssemos nos encontrar novamente amanhã. O que você acha?

- Nossa, agora você ficou ousado. - A voz dela, tão leve e tão natural, soava cheia de felicidade com um toque de entusiasmo.

Sorrindo abertamente, Cole continuou:

- Estou vendo que você tem uma pequena charrete lá atrás.

- Sim, é da mamãe. Por quê?

- Pensei que talvez eu pudesse levá-la para um piquenique, se isso não for muito ousado... amanhã?

- Isso seria muito bom, Reuben.

- Meio-dia?

Ela assentiu com a cabeça.

- Quando você vai partir?

- Daqui a cinco dias, mas quando eu voltar, teremos muito tempo para nos conhecermos melhor.

- Certifique-se de não quebrar essa maldita promessa, Reuben Cole.

- Você não deveria falar palavrões.

Ela ofegou.

- Tenho certeza de que você já ouviu coisas muito piores.

- Mas não de alguém tão bonita quanto você.

Foi a vez dela corar. Ele se afastou, sentindo uma pequena sensação de triunfo em seu estômago agitado. No portão do jardim da frente ele se virou e acenou. Ela acenou de volta. Ele pôde ver que ela estava chorando e refletiu sobre como a vida era cruel, pois ele havia acabado de conhecer alguém tão adorável sendo que estava prestes a descer mais uma vez para as incertezas da vida como um rastreador.

Esse era um pensamento que ele manteria consigo durante os dias seguintes.

CAPÍTULO SETE

Ele dormiu bem e acordou revigorado com as memórias da noite anterior lhe dando uma sensação de calor por dentro. Ele foi até onde uma espécie de café da manhã estava sendo servido por um cozinheiro. Presunto grosso, mais gordura do que carne, e batatas fritas encharcadas em gordura. O café tinha um gosto amargo, o pão destinado a absorver a gordura era duro como uma pedra. Ele saiu de lá desanimado, prometendo a si mesmo que compraria uma carne boa para a viagem. Elas até poderiam ser salgadas, mas qualquer coisa seria melhor do que a mistura recente que ele tinha se obrigado a engolir.

Ele foi novamente à clareira isolada e disparou mais tiros, desta vez, com muito mais sucesso. Ele gostou de manusear o revólver Paterson, que era quase tão bom quanto o seu velho Remington.

Atravessando o campo de parada no caminho de volta até o seu alojamento, ele viu vários grupos de soldados de uniforme colocando sacos de grãos em carroças. Outros estavam verificando mosquetes, pólvora e balas. Todos pareciam ocupados e inundados de suor enquanto se preparavam para a próxima fase do plano de McClellan de atacar a capital confederada, Richmond.

- Seu nome é Cole?

Ele se virou e viu um homem enorme se elevando sobre ele. As mangas da sua camisa estavam enroladas sobre os bíceps salientes. Antebraços eriçados com cabelos grossos emaranhados levavam às mãos nodosas que, quando fechadas, eram punhos assustadores em seu tamanho e capacidade.

Cole não pôde deixar de engolir em seco.

- É sim. Você me pegou em desvantagem.

- Meu nome é Arnoldson. O coronel me falou de você.

- Ah. - Cole olhou ao redor. Ninguém parecia estar prestando atenção nele, e certamente não havia sinal do coronel ou de qualquer outro oficial. - Então... o que o senhor quer, Sr. Arnoldson?

- Apenas Arnoldson.

- Tudo bem, Arnoldson, como posso ajudá-lo?

- Estou aqui para ajudar *você*, filho. - Ele apontou um dedo grande e carnudo para uma área atrás do quartel. - Há uma área aberta de matagal ali. Nós vamos até lá.

O grandalhão deu um passo, mas Cole hesitou e ergueu a mão.

- Espere um momento. Para quê? Em que você quer me ajudar?

- Estas são as ordens do coronel, então não se preocupe.

- Olha, Arnoldson, eu fico grato, mas não faço ideia do que você ou o coronel querem ou...

- Apenas venha comigo, filho. Eu sou um sargento, então você tem que seguir minhas ordens. − A sua carranca se intensificou. - E cale a boca, chega de perguntas.

Deixando Cole perplexo, o grandalhão se afastou. Cole, sem saber o que o esperava, tocou na coronha do seu revólver Paterson. Se aquilo fosse algum tipo de emboscada, possivelmente orquestrada por Renshaw, então ele não hesitaria em abrir fogo. Por enquanto ele veria o que estava se passando, e assim, relutantemente, seguiu o sargento corpulento esperando que alguém testemunhasse qualquer má conduta.

Ninguém testemunhou.

Alcançando à área, Cole tirou um momento para examinar os arredores. Era um pedaço de terra plano, aberto, duro e sem cobertura para qualquer agressor à espera. Talvez aquilo não fosse uma emboscada.

O grande sargento ficou imóvel como um pilar de granito, com seus intensos olhos negros em alerta. Cole, intimidado e nervoso, esperou. Arnoldson havia ordenado para que ele não falasse, e estava claro que aquele não era um homem com quem ele deveria discutir.

- O coronel tem relatos de que você lutou como um gato selvagem com Cairns, mas ele é durão. Ele sabe lutar. Você, embora seja corajoso o suficiente, não tem habilidades para superar alguém como ele. Estou aqui para lhe mostrar como fazer isso.

Piscando, Cole levantou as duas mãos.

- É muita gentileza sua, mas não tenho tempo para aprender esse tipo de coisa. Partiremos em alguns dias e há muito o que preparar. Qualquer coisa que você puder...

- Se você lutar tão bem quanto fala, então o meu trabalho aqui já está feito. No entanto, eu duvido. Então vamos lá, vamos ao que interessa. Aproxime-se e me dê o seu melhor soco.

Cole não se mexeu.

- Senhor, isso não vai...

- Se eu tiver que lhe dizer alguma coisa duas vezes de novo, vou quebrar essa sua maldita mandíbula. Agora vamos lá, mexa-se.

Não foi bonito e nem eficaz. Cole, sentindo seus músculos apertarem por causa da frustração e da raiva que estava sentindo, se mexeu e desferiu seu soco. Ele errou. O grandalhão se moveu com uma graça surpreendente, ágil como um dançarino de ballet. Cole, implacável e determinado a provar sua proeza àquele homem corpulento, socou o seu lado esquerdo e direito. Ambos os golpes foram bloqueados com facilidade. Ele tentou outra combinação, mas só conseguiu acertar o ar.

Cole ficou reto com as mãos nos quadris, puxando o ar ruidosamente. O homem era um mágico - em um momento, ele era tão grande quanto a porta de um celeiro, e em outro, estava em uma posição completamente diferente. Cole soltou um suspiro frustrado.

- Mexa-se, filho - disse Arnoldson, com a respiração uniforme e o corpo relaxado. Suas mãos grandes afastavam todas as tentativas de soco e, a cada tentativa, ele desviava, até que finalmente contra-atacou com um toque dos seus dedos estendidos no rosto de Cole. O golpe, mais como uma cócega, enfureceu Cole, forçando-o a colocar mais força e a se mover ainda mais. Sua respiração ficou mais pesada, o suor escorria em seus olhos. Os esforços físicos combinados com a raiva crescente estavam se mostrando uma desvantagem distinta para qualquer golpe bem-sucedido. Ele se recompôs, determinado a acertar pelo menos um soco, e avançou para frente.

O grandalhão se afastou, permitindo que Cole fosse para cima dele, pegando-o desequilibrado. Incapaz de controlar seu impulso para frente, Cole tropeçou na perna estendida de Arnoldson e recebeu um soco poderoso na nuca para ajudá-lo em seu caminho, e ele caiu de cara no chão empoeirado.

Ele ficou lá, exausto e sem fôlego, tossindo enquanto rajadas de poeira invadiam sua boca e narinas. A cabeça dele tinia com a força do golpe de Arnoldson e ele rolou, agarrando o pescoço. Ele explodiu sua exasperação:

- Inferno, como diabos eu deveria chegar em você?

Arnoldson estava com os punhos nos quadris, sorrindo.

- Você está aqui para aprender isso, filho. Agora, levante-se e vamos começar de novo.

- Eu preciso de um pouco de água.

- Você só vai beber água quando conseguir acertar um soco. - Ele sacudiu as mãos, cerrou os punhos novamente e ficou meio agachado. - Agora, mãos à obra!

. . .

Ao longo de três sessões, Cole recebeu não só uma surra sonora, mas também uma visão de como verificar o ataque de um oponente, como usar seu peso e força contra eles, desferir golpes esmagadores e algumas instruções sobre partes vulneráveis do corpo humano e como atingi-las de forma eficaz. No final, ele se sentou no chão de cabeça baixa com o suor escorrendo pela ponta do nariz. Arnoldson estava de pé sobre ele, enfiando um cantil de água em suas mãos.

- Você merece.

- Você acha mesmo?

Arnoldson grunhiu:

- O coronel me disse que você tem dezoito anos. - Ele baixou o canto da boca. - Você não tem isso. Você mentiu sobre a sua idade para se alistar no exército. Não me diga que estou errado. Você ainda não desenvolveu sua força física. Irá desenvolver, mas ainda não. - Cole prendeu a respiração, imaginando o que viria a seguir. Um relatório ao coronel, talvez? Arnoldson estreitou os olhos. - Você tem o quê, dezesseis?

Sem desviar o olhar, Cole levou a garrafa aos lábios e bebeu a água.

- Aham. - Ele ficou tenso, pronto para fugir. Ele não fazia ideia de qual poderia ser a punição por falsificar seus documentos, mas não estava preparado para ficar ali e descobrir.

- Se você viver, o que não é garantido - continuou Arnoldson -, então acho que você sairá disso como alguém formidável.

- Formidável? Espero que sim.

- Mas você tem que praticar. Prática e aptidão, não há substituição para esses dois. Então nos encontraremos no mesmo horário todos os dias pelos próximos cinco dias. Esse é o tempo que você tem antes de partir, se compreendo bem.

- Todos os dias? Mas e quanto a...

- Minhas ordens são para deixá-lo preparado. O coronel me contou que você levou uma surra e que as suas costelas foram quebradas. Vou levar isso em consideração. - Um leve sorriso se formou em seu rosto largo. - Mas não muito.

- Você é tão bondoso, Arnoldson, que quase me leva às lágrimas.

- Isso deveria ser engraçado?

- Não, foi apenas uma brincadeira.

- Bom, então pare de brincadeiras. Quero que leve isso a sério. - Ele apontou para o revólver Paterson de Cole. - Dizem que você é bom com isso. Bom, o problema é que se você perdê-lo, vai precisar saber como sair vivo de qualquer situação. Entendeu? - Cole assentiu com a cabeça. - Você tem que *querer* isto, filho. O desejo. Você tem que *querer* prevalecer. Em qualquer luta, você deve estar preparado para fazer o que for preciso. Só a habilidade não é o suficiente. Está aqui. - Ele deu um soco no próprio peito. - É aqui onde está a vitória. Não se esqueça disso, Cole.

- Não esquecerei. E, obrigado. Eu virei, vou praticar os movimentos todos os dias, os exercícios que você me mostrou, tudo.

- E, o coração.

- Ah sim, não vou me esquecer do coração. - Sem pressa, ele retornou a rolha ao cantil. - Então Sr. Arnoldson, o fato de eu ter dezesseis anos não me vai me impedir de nada?

- Filho, já vi homens com o dobro da sua idade que não têm tanta perseverança como você. Acho que você vai conseguir.

O grandalhão estendeu a mão. Cole a pegou e se levantou. Ele sorriu para Arnoldson.

- Dormirei bem esta noite.

- Exercícios pela manhã. Você sentirá seus músculos duros como uma pedra. Você tem que soltá-los. Depois disso, nos encontraremos e você ficará bem.

- E quanto ao meu café da manhã?

Arnoldson inclinou a cabeça.

- Você chama aquela porcaria que eles servem de café da manhã?

- Não, mas vou precisar de algo na minha...

- Você pode tomar seu café depois do treino; antes não.

Eles apertaram as mãos e Cole se afastou, já experimentando várias fisgadas em músculos que ele nem sabia que tinha.

CAPÍTULO OITO

Os dias seguintes se transformaram em uma rotina de acordar, se alongar e atirar. Depois disso, ele enfrentava Arnoldson, esforçando-se ao máximo para desferir um golpe antes de tomar o café da manhã, às vezes achando quase impossível se sentar sem chorar devido à dor dos golpes que recebia.

Ele se encontrou com Penny ao meio-dia daquele primeiro dia, e eles saíram para um passeio ao redor do campo. Penny girava sua sombrinha e Reuben manuseava a pequena charrete com grande habilidade. O pônei pequeno e alegre se mostrou forte e ágil. Ambos gostaram mais do passeio do que do piquenique, que era algo frugal.

Na margem do rio, Penny estendeu um cobertor e eles se sentaram e olharam para a água em silêncio. Cole descobrindo, com uma certa surpresa, que não se sentia nem um pouco estranho, e ansiava que aquele momento durasse para sempre. O silêncio era algo de que ele gostava, e ela também, fosse em deferência ao humor dele ou algo que ela mesma sentia. Eles caíram em profunda contemplação.

Com o sol alto no céu, ambos se deitaram de olhos fechados,

desfrutando do simples prazer de estarem vivos em um dia tão bonito.

A volta para casa foi tranquila. Cole devolveu a charrete ao estábulo na parte de trás da casa, desatrelou o pônei e começou a fazer carinho nele enquanto Penny o observava, sorrindo.

- Você age como se tivesse nascido para isso, Reuben.

- É algo que fiz a maior parte da minha vida: trabalhar com cavalos, cuidar deles, conhecer seus caminhos. Sem um cavalo eu estaria perdido, Penny. Estaria incompleto.

- Você é um filósofo e tanto, Reuben.

- Eu sou? - Sorrindo, ele foi em direção a ela, limpando as mãos na calça. - E você é o que chamamos de pessoa erudita.

- Eu estudei, se é isso o que você quer dizer.

- Não, é mais do que isso. Você é inteligente. Você tem muito conhecimento.

- Ter muito conhecimento não torna ninguém *inteligente,* Reuben. Você é inteligente, mas não passa seu tempo com um livro.

Do nada, ele avançou e a pegou pela cintura. Ela riu e ele a beijou. Ela se rendeu, passando as mãos pelo seu couro cabeludo, e o abraço deles se prolongou.

Eles se encontraram mais algumas vezes durante aqueles dias. A cada dia, o desejo de um pelo outro aumentava, e Cole experimentou sensações que nunca imaginou que existissem. Apesar do seu corpo e orgulho doerem após cada treino com Arnoldson, ele nunca reclamou, e descobriu que estar na companhia de Penny era o melhor bálsamo que ele poderia ter.

No quarto dia, o coronel convocou a ele e Renshaw ao seu gabinete.

O coronel parecia sério, mais do que em qualquer outro momento. Ele estava sentado atrás da sua mesa com o queixo nas mãos, olhando para um grande mapa à sua frente.

- A situação é grave, mais grave do que qualquer um de nós imaginava. Os rebeldes estão resistindo bastante e, obviamente, eles têm conhecimento prévio dos movimentos das nossas tropas. Claramente, eles têm pessoas trabalhando dentro das nossas forças, e é imperativo eliminá-los. Eles são engenhosos e temos que nos igualar, golpe a golpe. Portanto, senhores, vocês partirão *hoje*. Arrumem suas coisas e partam o mais rápido possível. Vocês serão acompanhados por um dos meus homens escolhidos, Thomas Lester. Ele é um inglês, conhecido como Vermelho.

- Eu conheço alguns ruivos - disse Renshaw com uma risadinha baixa. - E eles realmente são uns cabeças quentes!

O coronel não pareceu impressionado ou achou graça.

- Não, Renshaw. Ele não é ruivo. Sem dúvida, ele vai explicar o porquê do seu apelido. Ele é seu superior, Renshaw, um capitão. Você entende o que isso significa?

- Sim, senhor. Claro que sim.

- Que bom. Ele tem ordens seladas que transmitirá a vocês assim que estiverem bem longe do quartel.

- Tudo isso parece muito misterioso, senhor.

- Faça apenas o que lhe mandarem, Renshaw. E Cole? - Ele olhou diretamente para o jovem batedor. - Arnoldson me contou que você melhorou além de todas as expectativas, então fico feliz em saber disso. Você sabe qual é a sua tarefa.

- Sim, senhor.

- Então, mãos à obra. Quero vocês de volta aqui antes que o regimento saia. Vocês tem uma semana.

- Mas como vamos saber onde procurar? - perguntou Renshaw, parecendo confuso.

- O capitão Lester irá guiá-los, Renshaw, não tenha medo. Agora, saiam.

Ambos bateram continência e saíram. Caminhando pelo campo de parada em direção aos estábulos principais, Renshaw enrolou um cigarro e o fumou fervorosamente.

- Inferno, odeio trabalhar com pessoas que não conheço.

- Comigo? É isso o que você está querendo dizer?

Renshaw parou e se virou para o seu jovem companheiro.

- É verdade que você me causou muitos problemas, Cole, mas

eu já superei isso. Aprendi a viver com a sua arrogância e com a sua mesquinhez. Esse novo idiota, ele sendo um capitão e tudo mais, bem, isso não me desce.

- Assim como Cairns?

O rosto de Renshaw ficou vermelho.

- Viu só, você e essa sua língua afiada. Cairns enganou a todos nós, não se esqueça disso. E, não se esqueça também que você o tinha em sua mira e errou!

- Eu não errei. Eu atirei na perna dele, lembra?

- Sim, mas se você tivesse atirado nele no lugar certo, nada disso estaria acontecendo. - Ele jogou fora seu cigarro acabado. - Do que o coronel estava falando? Sobre você e alguém chamado Arnson ou algo assim.

- Arnoldson. Ele é um sargento-mor. Nós estivemos, como posso dizer, trocando experiências.

- Experiências de quê?

- Da vida, suponho que é assim que posso descrever. Sim... da vida.

- Quantos anos você tem mesmo?

Ele fez uma pausa, verificando-se se iria revelar a verdade.

- Dezoito - respondeu ele, não ousando olhar nos olhos de Renshaw para que ele não pudesse ver a mentira escancarada ali. Dezoito? Ele desejou que tivesse dezoito anos, mas isso estava há dois anos de distância. Às vezes, ele se esquecia de como era jovem, e só se lembrava disso na calada da noite quando imagens da sua mãe vinham à sua mente, sendo tudo o que ele podia fazer para conter as lágrimas. Ele se perguntava o que ela diria a ele naquele momento se ainda estivesse viva. Ele já tinha visto demais, passado por coisas demais e estava marcado por isso, por tudo o que tinha vivido. Matar aquele homem que perseguia o Urso Marrom foi o começo de tudo. E mais tarde, aqueles outros assassinatos na velha cabana e como todos foram fáceis para ele. Se ele pudesse mudar alguma coisa, seria não ter cavalgado para longe do rancho naquela manhã. Mas ele foi e não havia como voltar atrás, nem desfazer o que ele havia feito. Ele havia matado e isso o mudou. O mudou para sempre.

Renshaw o encarou com um olhar fulminante.

- Não acho que falo tanta merda como você, Cole.

- Então é nítido que você não tem se ouvido muito.

Cole se afastou rindo consigo mesmo enquanto o sangue fervia no rosto de Renshaw.

Mais tarde, enquanto eles amarravam colchonetes, cobertores, alforjes e o armamento em seus cavalos, um homem já montado se aproximou deles. Inclinando-se para frente em sua sela, a voz dele retumbou como se houvesse areia alojada em sua garganta:

- Você são Cole e Renshaw? - perguntou ele.

Dando um puxão final em uma das tiras de sustentação, Renshaw notou o homem e levantou uma sobrancelha.

- Sim, somos. Quem é você?

O homem bateu uma continência desdenhosa com um movimento da aba do chapéu.

- Eu sou o capitão Lester. - Seu sorriso era fino, malicioso, desprovido de humor. - Ao seu dispor.

- Bom dia, senhor - disse Cole, devolvendo a continência.

- Não há necessidade de tais formalidades - disse o capitão. - Vamos cavalgar juntos por um bom tempo em terrenos que não conhecemos, então é melhor nos tratarmos como iguais.

Renshaw bufou e subiu em sua sela.

- Então vamos indo, capitão.

Cole lançou-lhe um olhar, deu de ombros para Lester e estava prestes a subir quando uma voz ansiosa o fez parar. Ele se virou e viu Penny correndo em sua direção, segurando a ponta da saia com uma mão, enquanto a outra segurava sua boina na cabeça.

- Reuben Cole - disse ela sem fôlego quando o alcançou. - Você não ia se despedir?

Com o calor aumentando, Cole olhou para Lester, que foi

educado e se virou. Renshaw já estava caminhando em direção à saída do quartel.

- Eu ia à sua casa, Penny - disse ele, o que não era mentira. Eles passariam pela casa do médico antes de chegarem à trilha certa. - Como você sabia que iríamos embora hoje? Estamos adiantados um dia.

Os olhos dela brilharam com aquela malícia que ele achava tão sedutora.

- Até parece que você não sabe, Reuben Cole. Meu pai é o cirurgião do exército. Ele ouve *tudo*.

Sem ter certeza se isso era uma coisa boa ou não, Cole respirou fundo, inclinou-se para frente e a beijou levemente na bochecha. Ela arregalou os olhos em choque.

- O que foi isso?

Ele franziu a testa, mas antes que pudesse dizer qualquer coisa, os braços dela estavam ao redor do seu pescoço, com seus lábios pressionando os dele em um beijo longo e demorado.

Houve uma tosse baixa e educada, e Cole, abrindo um olho, viu Lester olhando com a expressão de um professor irritado. Lentamente, o jovem batedor se desvencilhou do abraço de Penny.

- Falarei com você assim que voltar - disse ele.

- Acho bom mesmo, Reuben Cole.

Com um olhar em direção a Lester, ele subiu em sua sela, acenou com a mão em um pequeno gesto de despedida e se afastou para onde Renshaw já estava alcançando na trilha.

Ele não olhou para trás apesar de saber que Penny estaria olhando para ele, com as lágrimas caindo. Ele não suportaria ver isso, então manteve o rosto virado para a frente e fez uma oração silenciosa para que a expedição não fosse apenas bem-sucedida, mas também rápida.

CAPÍTULO NOVE

Foi em uma pequena depressão cercada por tojos e pequenas árvores que Lester os orientou a desmontar. Agachado, ele estendeu o esboço de um mapa e, com seu dedo enluvado de couro, traçou a direção em que eles deveriam seguir.

- Cairns foi visto pela última vez com um destacamento da cavalaria de Jeb Stuart. Agora, não sabemos qual é o plano geral deles, mas é seguro supor que Stuart está prestes a...

- Como você sabe de tudo isso? - interveio Renshaw. Ele estava sentado em um afloramento, enrolando um cigarro. Toda a sua disposição demonstrava um desinteresse que beirava o desprezo pelas palavras de Lester.

- Tínhamos homens no quartel de Stuart. Ele não sabia disso, é claro, mas as informações que nos deram permitiram uma detalhada...

- Tínhamos homens no quartel deles?

- Assim como os rebeldes têm homens no nosso.

Um silêncio se espalhou entre os dois homens, gerando um momento perigoso carregado de tensão. Cole, percebendo a atmosfera gelada, permitiu que a sua mão caísse sobre a arma no coldre.

- Como você sabe *disso?* - perguntou Renshaw, fazendo uma

pausa no processo de soltar a fumaça. Os olhos dele estavam cerrados, algo que Cole acreditava ser de suspeita e um toque de acusação também.

- Por quê? Tal revelação lhe causa surpresa?

- Surpresa sobre o quê?

- De que estamos totalmente cientes dos espiões no nosso quartel, Renshaw, é isso?

Renshaw endireitou as costas.

- Você sabe que sim.

- Você cavalgou com Cairns, um companheiro batedor. Quanto tempo você ficou com ele?

Ele deu de ombros, sem piscar.

- Seis meses, mais ou menos.

- E em todo esse tempo você nunca suspeitou dele?

- Se eu tivesse... Ouça, *capitão* Lester, eu estou nisso desde o início. Primeiro como batedor, mas depois como agente do governo federal. Recebi a tarefa de descobrir quem poderia ser o traidor.

- Traidor?

- Foi o que eu disse. Eu me juntei a Cairns não por causa de alguma suspeita que eu tinha dele, e nem de qualquer outra pessoa. Era simplesmente um meio de me misturar com os outros batedores, rastreadores e coisas do gênero. Pessoas que podiam se tornar quase invisíveis. Cavalgando com Cairns, com batedores à frente, nunca captei nenhum sinal de que ele pudesse estar alimentando o inimigo com informações. Fiquei tão surpreso quanto qualquer um quando ele se voltou contra mim e Cole.

- E você? - perguntou Lester, se virando para Cole.

- Como Renshaw disse, eu nunca suspeitei dele, mas também eu mal o conhecia, pois sou um novo recruta e tudo mais.

- Então ele é bom. Escondendo sua verdadeira identidade da maneira que fez.

- Seja lá o que isso signifique - murmurou Renshaw.

- A lealdade dele - explicou Lester com muita paciência. - Ninguém suspeitava que ele fosse um rebelde secreto.

- Talvez haja mais de um - disse Cole. - Talvez Cairns fosse algum tipo de isca para nos afastar da identidade do verdadeiro inimigo.

- Pode ser - disse Lester lentamente. - Você atirou nele, se bem entendo.

- Não como deveria - disse Renshaw rapidamente.

- Mas o suficiente para saber que estamos à procura de um homem manco.

- Eu o reconhecerei - disse Renshaw. - Nunca me esquecerei daquele desgraçado, não se preocupe com isso.

- Quis dizer se eu estiver sozinho - disse Lester.

Todos pararam de falar. Com calma, Renshaw voltou a enrolar seu cigarro, enquanto Cole olhava para o chão.

- Isso não vai ser fácil, rapazes. Entraremos em um acampamento rebelde. Devemos permanecer vigilantes. Eu sou o único que Cairns nunca viu, então será melhor se eu for procurá-lo sozinho.

- Mas pode haver mais de um homem mancando - salientou Cole. - Afinal, estamos em guerra.

- É verdade, por isso vou xeretar por aí. E farei isso sozinho. Ele vai reconhecê-los. Ele notará a presença de vocês em um piscar de olhos e provavelmente explodirá suas cabeças antes que possam reagir.

- Então esse é o seu plano? - perguntou Renshaw, finalmente acendendo seu cigarro. - Entrar no acampamento deles? E você acha que eles irão recebê-lo, dizer um "olá" e acenar para você se juntar a eles?

- Vou me passar por um oficial confederado, Renshaw. Eu tenho documentos aqui. - Ele deu um tapinha no bolso do peito. Nenhum deles usava uniformes da União, todos estavam vestidos com roupas normais.

- Você pensou em tudo, não é mesmo?

- Veremos – disse Lester, e dobrou o mapa. - Assim que eu

localizá-lo, vou prendê-lo e entregá-lo a vocês. Meu trabalho será permanecer no acampamento e descobrir o que eu puder sobre os planos deles. Jeb Stuart é um homem notável, corajoso e astuto, por isso tenho certeza de que ele já tem uma decisão bem definida sobre o que deve fazer. McClellan planeja fazer um pouso anfíbio e cair em Richmond. Suspeito que se Stuart puder nos flanquear, ele fará isso. Tudo o que preciso saber é em que direção ele estará se movendo, para que nossas forças possam contra-atacar.

- Espere - disse Renshaw, subitamente alerta. - Nós ficamos com ele enquanto você fica para trás?

- Isso mesmo. Eu vou entrar no acampamento. Você esperarão do lado de fora e eu vou trazer Cairns até vocês. Provavelmente à noite.

- Não estou gostando disso.

- É mesmo? E de qual parte, em particular, você não está gostando, *soldado* Renshaw?

- De nada.

Lester deu de ombros.

- Você gostando ou não, esse é o plano. Sua tarefa é escoltar Cairns de volta ao quartel, onde ele será julgado.

- O coronel me disse algo diferente - disse Cole.

- A situação mudou - disse Lester. - Ele será interrogado. Qualquer coisa que ele possa nos dar sobre a identidade do espião em nosso quartel valerá ouro. Por isso, você tem que mantê-lo *vivo,* Cole. - Ele estreitou os olhos. - E isso é uma ordem.

Cole enrijeceu.

- Sim, senhor. Farei isso.

- Espere - disse Renshaw, estufando o peito como se estivesse procurando uma briga. - Você disse que éramos todos iguais; nada dessa besteira de oficial e homens.

- Nós somos. Você pode dizer o que quiser, Renshaw, mas só para entender qual é o resultado esperado.

- A prisão dele. Entendi.

- Que bom. E agora, cavalheiros, se me permitem sugerir, vamos continuar nosso caminho. Nosso tempo é curto.

Depois de muitas horas eles finalmente acamparam. Lester não permitiu que acendessem uma fogueira, então eles jantaram biscoitos secos com água dos seus cantis. Acomodando-se ao cair da noite, Cole sentiu uma diferença no ar e percebeu que isso significava uma mudança no clima.

Foi perto do amanhecer que a chuva começou a cair, obrigando-os a desmontar o acampamento cedo, sem comer nada. Isso era algo que Cole já estava acostumado; a vida na patrulha, cavalgando durante maior parte do tempo, sem café da manhã e muitas vezes sem jantar também. Sua barriga roncando tomou a maior parte da sua atenção, a chuva incessante o resto. Ele tinha vestido uma capa que logo ficou encharcada e a água, escorrendo da borda do seu chapéu, pingava na crina da sua égua, fazendo com que ela sem dúvida se sentisse tão miserável quanto ele.

Durante o dia frio e difícil, eles se arrastaram com as cabeças baixas e conversas permanecendo em suas gargantas. Lester sabia para onde estava indo, algo que não agradava Cole. Ele partilhava muitas das dúvidas de Renshaw. No entanto, sentia um certo alívio ao saber que não deveria servir como carrasco de Cairns. Ele havia se alistado no exército como batedor, não como assassino e, como batedor ele desejava permanecer.

Ao meio-dia, a chuva diminuiu o suficiente para que Cole tirasse seu chapéu e o sacudisse até secá-lo. Seu cabelo, emaranhado na testa, parecia sujo, assim como o resto do seu corpo. Quando estava no rancho, ele tomava banho quase todos os dias para se livrar da poeira e do suor do trabalho com os cavalos e o gado. Ali, a única esperança que ele tinha de tomar um banho era um mergulho no rio e, naquele momento, isso não estava no seu caminho. Ao seu redor, os campos se espalhavam exuberantes e verdes, a água da chuva pingando dos caules, das folhas e dos galhos das árvores. A paisagem ao redor era tão diferente dos arredores da sua casa quanto se poderia imaginar. Mais suave, extensa, mais bonita. Não era de se admirar que ele conhecera Penny em um lugar como aquele. Em sua casa, na dureza do seu território, o tipo de garota que ele teria conhecido seria parecida com sua terra dura e implacável.

Eles descansaram um pouco, dando a chance de retirar as roupa úmidas e substituí-las por outras dos seus alforjes. A terra ao redor estava úmida demais para fazer uma fogueira mesmo que Lester permitisse, o que ele não fez. Ele estava ansioso para continuar. Eles pararam diante de uma pequena encosta coberta por árvores. O sol estava forçando as nuvens de chuva a irem embora, e o dia prometia ser melhor do que o anterior. Engolindo biscoitos tão encharcados por causa da chuva que entrou em seus alforjes, que era como se eles estivessem derretidos. No entanto, eles serviram para tapar o buraco no estômago. Cole não conseguia parar de sonhar com os bifes de primeira qualidade quentinhos do rancho.

Todos esses pensamentos o abandonaram quando uma mulher apareceu.

Usando um vestido branco esvoaçante, ela apareceu no topo da colina, saltando pelos campos, suas pernas nuas percorrendo a distância com toda a graça de um servo. O seu rosto, no entanto, era tudo, menos gracioso. Duas longas correntes de sangue rolavam dos seus olhos, cobrindo suas bochechas. Se aproximando, ela avistou os três homens pela primeira vez e começou a ir na direção deles. Com a boca escancarada, ela berrou como se estivesse com dor, gritando:

- Socorro! Socorro!

Cole foi o primeiro a descer da sela e ir em direção a ela.

- Acalme-se - disse Lester bruscamente, já com a arma na mão. - Renshaw, suba e veja se consegue ver alguma coisa.

Renshaw gemeu, bateu o calcanhar no cavalo e subiu morro acima.

Enquanto isso, Cole estava tentando segurar a mulher. De perto, ele podia ver claramente o estado em que ela estava. Havia cortes e hematomas em seu rosto e sangue incrustado na pele. Vestido rasgado, seios expostos, cabelo emaranhado coberto de suor... era óbvio que ela havia sido violentada. Quando ele a pegou pela cintura, ela lutou como um gato selvagem, debatendo os braços e pernas enquanto ele a segurava.

- Eu não vou - gritou ela. - Eu não vou!

A força dela fez com que ambos caíssem no chão. Cole a segurava, fazendo o seu melhor para acalmá-la.

- Está tudo bem — ele continuou dizendo, prendendo os braços dela. - Você está segura, eu não vou machucá-la.

Se aproximando, Lester desceu do cavalo.

- Acalme-se, senhora - disse ele, empunhando a grande arma.

Ao olhar para a arma, o rosto dela ficou branco. Desesperada, ela conseguiu se livrar de Cole e foi para trás, erguendo as mãos como se aquilo fosse um assalto.

- Senhora - disse Lester, sua voz ficando tensa. - Você precisa ficar quieta.

- Por favor - disse ela com a voz falhando. - Chega. Por favor.

- Senhorita - disse Cole, apoiando-se de joelhos. - Está tudo bem agora. Estamos aqui para ajudá-la. - Ele lançou um olhar preocupado para Lester. - Guarde a arma, capitão.

Lester parecia indeciso. Ele desviou o olhar, virando-se para onde Renshaw estava subindo.

- Capitão - disse Cole novamente. - Guarde a arma, está assustando ela.

Por fim, Lester fez o que lhe foi pedido.

A garota ficou visivelmente mais calma.

Sorrindo, Cole se levantou e estendeu a mão.

- Vamos, vai ficar tudo bem.

Mas nada nunca ficaria bem.

Renshaw voltou para onde eles estavam, respirando com dificuldade.

- O que está acontecendo?

Renshaw, balançando a cabeça, tomou um grande gole de água do seu cantil antes de pronunciar as seguintes palavras:

- Vi uma igreja e uma casa. Estão pegando fogo. E vi homens. Muitos homens. Parece que é uma cavalaria rebelde.

- Quantos? Malditos!

Ele deu de ombros, olhando de soslaio para a garota.

- Dez. Talvez doze. Difícil saber. Têm pessoas no chão, capitão, mulheres, crianças...

- Eles são seu povo? - perguntou Cole calmamente, olhando esperançosamente para a garota.

Os olhos arregalados dela se voltaram para ele. Seus lábios estavam tremendo e foi tudo o que ela pôde fazer para assentir.

- Certo - disse Lester, como se estivesse tomando uma decisão. - Vamos nos mover em torno deles em um arco amplo. Será apenas um pequeno desvio, então não significa que iremos...

- Mas que merda é essa? - perguntou Renshaw incrédulo. - Não podemos *deixar* aquelas pessoas daquele jeito, capitão. Eu vi o que eles estavam fazendo. As mulheres estavam sendo despidas e... maldição, temos que ajudá-las.

- Não podemos - disse Lester com os olhos fixos na mulher.

Ela estava sentada, soluçando. Cole se aproximou e se ajoelhou ao lado dela, passando os braços ao redor dos seus ombros. Desta vez, ela não lutou.

- Nós precisamos - disse Renshaw por entre os dentes. - Podemos contorná-los e acertá-los pelo flanco. Eles não saberão o que os atingiu.

- Você disse que viu doze homens. Como podemos...

- Porque eles estão muito ocupados estuprando as mulheres, é por isso, inferno!

Os olhos de Lester brilharam, mas apenas por um breve momento.

- Nós não temos tempo. Precisamos chegar ao acampamento principal deles e encontrar Cairns.

- E se Cairns estiver com eles? - perguntou Cole, suas palavras pegando os outros de surpresa. - Deveríamos checar.

- Você viu Cairns?

Renshaw fez uma careta.

- Deus, como eu poderia? Mas Cole tem razão. Cairns pode estar com eles. Sem dúvida são um grupo de batedores em busca de suprimentos. Fazendo uma limpeza. Como rastreador, Cairns pode estar liderando eles.

Absorto em seus pensamentos, Lester mordeu o lábio inferior, sem saber o que fazer.

- Maldição - disse Renshaw, virando seu cavalo. - Eu mesmo farei isso.

- Não seja estúpido – disse Lester, e gesticulou para Cole e a mulher. - Ela vai precisar ficar aqui. Precisamos de você, Cole. Se eles forem doze, nós não...

Cole assentiu com a cabeça e se levantou lentamente.

- Vai ficar tudo bem - disse ele à mulher. - Ouça, temos cobertores e água. Você pode se sentar debaixo de uma árvore e esperar por nós. Não vamos demorar.

- Cole...

- Vocês podem me dar um minuto?

Os outros dois respiraram alto com a ferocidade das palavras do jovem batedor.

Ignorando-os, Cole ajudou a mulher até chegarem a uma árvore. Estava quente lá.

- Pegue alguns cobertores - disse ele, e Lester fez o que lhe foi dito sem discutir. Eles colocaram um sobre a grama e, depois que Cole a ajudou gentilmente a se sentar, ele colocou outro cobertor em volta dos ombros dela. Ele pressionou o cantil nas suas mãos. - Tente descansar – disse ele, e voltou para o seu cavalo.

Sem ninguém dizer uma palavra, eles partiram, contornando a base da encosta para que pudessem ficar fora da vista dos homens do outro lado.

CAPÍTULO DEZ

Eles estavam espalhados pela grama, Lester com uma luneta pressionada em um olho, estudando o horror subsequente ao lado da igreja branca de madeira a cerca de cem passos de distância. O que restava de uma casa, ou mais precisamente de uma cabana, queimava implacavelmente.

Lester estava com seu rifle Sharps que ele limpava com tanto carinho todas as manhãs. Cole o observava, fascinado com a meticulosidade do homem. Então ele observou Lester colocar a luneta de lado e apertar os olhos no cano.

- Assim que eu atirar — disse ele calmamente -, vocês dois descem até lá atirando. Não importa se acertarem alguém. Vocês irão assustá-los o suficiente para forçá-los a se dispersar.

- E se virmos Cairns?

Lester se virou, e com a testa franzida, estudou Cole.

- O que você acha, soldado Cole?

Cole deu de ombros.

- Atiramos nele. Não para matar, apenas para derrubá-lo.

Lester sorriu.

- Peguem seus cavalos, rapazes. A festa vai começar.

Cole se moveu imediatamente, mas Renshaw ficou parado por um momento.

- Essa é uma jogada perigosa.

- É sim, mas agora que estamos aqui, não posso permitir que essas mulheres continuem sendo violentadas. Uma guerra não era exatamente o que eu estava considerando.

- Entendo.

- Entende? Você já disse isso.

- Eu ainda acredito que devemos ajudar. Eu quero ver aqueles que se dizem homens no chão.

- Faremos da maneira certa, Renshaw, do jeito que eu ordenei.

- Claro.

- Então suba em seu maldito cavalo e espere pelo sinal.

Cole estava verificando seu Paterson quando Renshaw veio em sua direção. Sem dizer uma palavra, ele vasculhou em um dos seus alforjes e tirou dois revólveres Colt Navies. Ele agora tinha três revólveres e entregou um a Cole.

- É melhor se tivermos dois. Precisamos disparar o máximo que pudermos.

- Você está bem com isso, Renshaw?

- Não há muito o que eu possa fazer quanto a isso. - Ele suspirou. - Eu quero ver aqueles malditos assassinos no chão, Cole, mas não gosto da ideia de Lester ficar para trás com aquela arma enorme de búfalo apontada diretamente para nós.

- Você não confia nele?

Renshaw suspirou, segurando a corda da sela.

- Tem alguma coisa... não sei, Cole. Ele diz que está preocupado com as mulheres, mas acho que é mais pelo fato de querer capturar Cairns. Mas não pelas razões que ele diz. Não sei... essa coisa toda... nós estarmos aqui deveria ser para descobrir quais são os planos de Jeb Stuart. O coronel parecia um pouco preocupado com isso no forte. Agora, tudo mudou.

- O coronel me disse para matar Cairns.

Renshaw parecia prestes a desmaiar.

- Ele lhe disse isso? Ele deu essa *ordem?*

Cole assentiu com a cabeça.

- Inferno, nunca ouvi nada assim... Matar Cairns? - Balançando a cabeça, ele subiu em sua sela e acariciou a crina do cavalo para estabilizá-lo.

Ao lado dele, Cole subiu em seu cavalo e colocou seu Navy na cintura.

- Vamos acabar logo com isso, Renshaw. Podemos analisar isso depois que capturarmos Cairns.

- Se algum dia conseguirmos.

- Nós vamos. Acho que Lester o viu através daquela luneta.

- Inferno, Cole, por que diabos você não me disse nada?

- Dizer o quê?

Apertando os lábios, Renshaw olhou para a esquerda.

- Inferno...

O único tiro assustou a todos - homens e cavalos. Renshaw soltou um grito alto, puxou as rédeas e fez seu cavalo galopar, enquanto Cole apenas deu alguns passos para atrás.

Eles contornaram a encosta o mais rápido que os seus cavalos podiam assim que um segundo tiro foi disparado. Renshaw estava na frente, uivando como um rebelde, com o Navy na mão. Cole, mantendo-se abaixado, percebeu o pânico à sua frente. Ele viu um dos rebeldes no chão, outro de joelhos segurando a barriga, que ia ficando manchada de vermelho. Os homens estavam correndo e as mulheres gritando. Uma criança de não mais que cinco anos corria solta, com os braços acima da cabeça. Uma garotinha corria com suas longas tranças pairando no ar atrás dela. Ela estava chorando e gritando. Cole não conseguia tirar os olhos dela. Ele viu um rebelde levantando uma arma e Cole disparou de novo, e de novo. Ele não tinha certeza se alguma das suas balas atingiu o homem, mas certamente o impediu de atirar. Ele arregalou os olhos e Renshaw rapidamente disparou, e o inferno começou.

Parecia que eles estavam no meio de um pequeno exército enquanto puxavam seus cavalos, que empinavam e se corcoveavam, relinchando de terror. Havia homens em vários estágios de nudez, alguns armados, outros não. Eles estavam correndo para todos os lados. Havia várias mulheres no chão que estavam lutando para ficarem de pé. Um homem, não um soldado, um pregador todo de preto vestido com sangue escorrendo por baixo do chapéu de copa alta, tinha as mãos unidas em oração e a cabeça voltada para o céu. Um rebelde com uma espada arrancou a cabeça dele com tanta facilidade que quase parecia ter sido coreografado. Cole, caindo no chão, atirou no homem, sabendo que era tarde demais para o pregador, mas obtendo uma boa dose de satisfação ao ver o homem cair.

Lester, já sem seu cavalo e bem camuflado na grama alta, continuou atirando, o que causou tanta confusão nos rebeldes que eles não sabiam para que lado correr. Deve ter parecido que não importava em que direção eles se virassem, um atirador inimigo estava atirando neles.

Recuperando-se lentamente, os rebeldes restantes procuravam cobertura ao redor da igreja ou procuravam suas armas de forma atrapalhada. Renshaw, que devia estar perto de ficar sem munição, atirou em dois deles. Ele agarrou seu cavalo e montou novamente enquanto várias balas riscavam ao seu lado. Cole arriscou dar uma olhada e o viu pegando o revólver Spencer na bainha. Suas pistolas estavam gastas, mas ele fazia bom uso da carabina. Levando o revolver aos olhos, apesar do cavalo em movimento, arisco e com medo, ele conseguiu manter uma boa cadência de tiro enquanto Cole trocava o Paterson pelo Navy Colt.

Um rebelde apareceu do nada, gritando como um louco histérico e com a boca espumando. Ele tinha uma faca Bowie grande de lâmina pesada na mão e estava indo direto em direção a Cole. Sem um momento de pausa, Cole levantou o Navy e disparou.

O martelo caiu em uma câmara vazia. Xingando, Cole tentou de novo e de novo com o mesmo resultado.

A arma estava vazia.

Renshaw lhe dera um revólver vazio.

O homem estava quase em cima dele antes que Cole se movesse e o golpeasse na lateral da cabeça com o Navy. Tropeçando, o homem girou, rangendo os dentes, golpeando a faca de um lado para o outro. Recuando, Cole jogou fora o Navy e mirou com o Paterson. Um único tiro atingiu o homem no peito, o sangue irrompendo antes que o som ecoasse pelos campos verdejantes.

Boquiaberto, Cole olhou para onde ele acreditava que Lester estava, levou os dedos até à aba do chapéu e abriu um breve sorriso de agradecimento. No caos que se seguiu, ele pegou uma das pistolas do rebelde morto e viu que tinha três câmaras carregadas. Sabendo que isso não era suficiente, ele começou a carregar os outras enquanto olhava fervorosamente ao redor, quase esperando ver mais rebeldes correndo para atacá-lo. Ele logo percebeu que quaisquer sobreviventes haviam chegado à igreja.

Ele se virou para repreender Renshaw por lhe ter dado uma pistola vazia, mas não havia sinal dele. Entre os redemoinhos de fumaça, Cole distinguiu o cavalo de Renshaw parado na pedra, mas do homem, não havia nada além da sela vazia.

Alguém agarrou seu tornozelo e ele saltou para trás, apontando sua pistola. Ele se engasgou diante do que viu. Uma mulher, espancada, com o nariz e a boca sangrando, cabelo desgrenhado, estava com uma mão estendida, implorando por sua ajuda.

Se inclinando, ele segurou os ombros dela.

- Está tudo bem - disse ele. Estas foram as palavras que ele proferiu para a primeira mulher, aquela que ele havia ajudado, ou pelo menos tentado. Quem quer que fossem aqueles homens, soldados ou invasores, Cole não os considerava mais como seres humanos. Eles poderiam estar desesperados, morrendo de fome, mas fazer aquilo...

Ela caiu nos seus braços e ele a segurou, todo o tempo observando a entrada da igreja. Ele ouviu o cavaleiro vindo atrás dele, e sabia quem era.

Lester desceu do cavalo e ficou a alguns metros de distância, com a respiração sibilando entre os dentes.

- Quantos estão vivos?

- Mulheres? ‑ Cole deu de ombros, segurando a mulher trêmula mais para perto. ‑ Tudo o que sei é que há pelo menos cinco rebeldes mortos aqui. Obrigado por me salvar.

- Eu vi você hesitar. Isso não é bom, Cole.

- Capitão... ‑ Ele balançou a cabeça e enterrou o rosto no topo da cabeça da mulher.

- Bom, temos que acabar com isso. Onde está o Renshaw?

Cole fungou e respirou fundo.

- Eu não sei. - Lester franziu a testa, a pergunta presa em seus lábios. Cole deu de ombros. - Ele me deu uma pistola vazia. Por que ele faria isso?

Lester não respondeu. Em vez disso, depois de olhar rapidamente para a mulher, ele disse: ‑ Espere aqui, cubra a porta principal da igreja. Eu vou pelos fundos.

Ele largou o seu rifle, sacou as pistolas e correu para os fundos da igreja. A fumaça o envolvia, transformando‑o em nada mais do que um fantasma.

Lentamente, Cole se desvencilhou da mulher e ergueu o rifle. Era mais pesado do que ele imaginava. Olhando em volta, ele percebeu com um certo alarme que havia pouca cobertura em qualquer lugar de fácil acesso. Se alguém saísse da igreja com armas em punho, ele não teria outra escolha a não ser atirar. O pensamento fez seu estômago revirar. Não era nada disso que ele queria. Reconhecimento e rastreamento... ninguém nunca mencionou nada sobre uma matança incessante. Ele não era ingênuo e não tinha ideias erradas sobre o que lutar em uma guerra poderia significar, mas nunca achou que estaria na linha de frente. Ele deveria ter recusado a ordem do coronel. Ele nunca deveria ter se alistado.

- Obrigada - uma voz fraca soou atrás dele.

Ele a estudou. Em outras circunstâncias, ele a acharia bonita.

- Vá em direção à encosta. Há cobertura lá, e uma das suas amigas está esperando.

- Mas e quanto às outras?

Cole examinou o local. A fumaça ia desaparecendo gradualmente à medida que a casa desmoronava, enviando rajadas de brasas brilhantes em direção ao céu. A cena lentamente entrou em foco. Mulheres puxando suas roupas para mais perto dos seus corpos, uma ou duas ajudando as outras, uma mãe embalando seu bebê. O zumbido constante de soluços.

- Onde estão os seus homens?

- Eles atiraram neles. Os levaram para trás e dispararam em cada um. Fomos forçadas a assistir.

- Santo Deus.

- Vou dizer às outras para se afastarem.

Em uma pausa repentina na fumaça, ele viu Lester desaparecendo atrás da igreja.

- Faça isso depressa. Não há muito tempo antes que tudo comece de novo.

- Eu vou, mas e você? Você não pode ficar aqui ao ar livre.

- Eu vou ficar bem. - Os olhos de Cole caíram sobre o rebelde que o atacou, aquele que Lester matou com um único tiro. Ele sabia que só havia uma coisa a fazer. – Vá agora – disse ele bruscamente, e rastejou até o rebelde morto e se deitou, usando o corpo como cobertura. A proximidade do cadáver trouxe a bile até a sua garganta, mas não havia outro lugar para se esconder, não havia nada que ele pudesse fazer a não ser se deitar e esperar. Ele posicionou o lenço sobre a boca e o nariz, e fez o possível para não pensar no horror da sua situação. Ele percebeu, no entanto, que não poderia permanecer daquele jeito por muito tempo. O sentimento mais terrível brotou dentro dele, que o corpo de repente se sentaria, viraria o rosto morto para ele e sorriria. O pensamento o fez estremecer e, novamente, ele teve que lutar para não vomitar. Para se manter ocupado, ele começou a recarregar tanto o revólver Paterson quanto a arma que ele havia pegado do rebelde morto. Ele trabalhou metodicamente até que ambos estivessem totalmente carregados.

Ele se concentrou na entrada da igreja, alinhando suas pistolas e o Sharps; lentamente sua respiração foi ficando leve e fácil. Ele mal estava ciente das mulheres se movendo atrás de si, com suas sombras caindo sobre o seu corpo. Ele mais sentiu do que as viu se afastarem, arrastando os pés em direção à encosta, e encontrou conforto no fato de que elas estariam seguras.

Pelo menos naquele momento.

CAPÍTULO ONZE

Renshaw estava de costas para ele. Vários rebeldes passavam, abrindo caminho pelo campo aberto até onde os seus cavalos estavam selados sob os galhos suspensos de um aglomerado de árvores. Ao redor estavam os corpos de homens e civis espalhados pela terra, cada um com um tiro na cabeça... execuções.

Esperando, Lester ergueu as pistolas e afrouxou os martelos.

Renshaw se virou com os olhos alarmados.

- Espere, capitão - disse ele rapidamente.

- Traidor é a palavra que você usou - disse ele −, e o traidor aqui é você.

- Não, não é...

Lester apertou os dois gatilhos, um após o outro, e as balas de grosso calibre acertaram o peito de Renshaw, jogando-o para trás. Ele já estava morto antes mesmo de cair no chão.

Rolando para a frente, Lester apontou suas pistolas para os rebeldes que saíam da entrada dos fundos, correndo em direção aos seus cavalos. Sabendo que logo estariam fora de alcance, ele pegou o revólver Spencer de Renshaw e atirou neles, um após o outro, trabalhando a alavanca sem pensar. Automático. Implacável. Eficiente. Ele disparou até o rifle ficar vazio.

Deixando-o de lado, ele preparou suas pistolas novamente e foi em direção à igreja.

Ele ofegou.

Cairns estava lá com uma mulher presa em seus braços. Ele tinha um revólver encostado na sua cabeça e os olhos dela, tão cheios de terror, perfuraram Lester, implorando para que ele a salvasse.

- Eu vou sair daqui - disse Cairns por entre os dentes. - Se você fizer um movimento contra mim, seja você quem for, eu a mato. Agora, largue suas armas e saia daqui.

Sem pensar, Lester fez o que lhe foi ordenado. Seus braços se ergueram automaticamente em um gesto de rendição.

Cairns se moveu lentamente para trás; a mulher soluçava em seus braços enquanto ele sorria.

Cole respirou fundo quando Cairns emergiu do interior da igreja. Submisso, com os ombros caídos em aceitação silenciosa do seu destino, a garota em seus braços chorava incontrolavelmente. A distância entre eles era de menos de trinta passos, e Cole podia ver claramente que Cairns ainda não havia conseguido empurrar o martelo do seu revólver. Ele disparou um único tiro.

Depois de cobrir a ferida, eles colocaram Cairns na sela, ignorando seus gritos de dor, e amarraram seus pulsos na sela. Devido aos berros constantes, Cole enrolou um lenço ao redor da sua boca e o amarrou com um forte puxão.

- Se precisar beber, apenas resmungue, caso contrário, fique de boca fechada - disse o jovem batedor.

Cole foi até o seu cavalo, bebeu do cantil que estava pendurado lá e pressionou a testa contra a parte traseira do seu cavalo. Lester desceu correndo os degraus depois que o tiro foi disparado, com um olhar de horror confuso no rosto. Quando viu

Cairns se contorcendo e a garota em segurança, ele relaxou, viu Cole e sorriu.

Ele contou a Cole sobre a morte de Renshaw, sem omitir nenhum detalhe.

- Ninguém vai saber que foi você - disse Cole, segurando o olhar do homem. - Ele foi morto no fogo cruzado.

Lester assentiu com a cabeça e não disse nada enquanto recarregava suas armas.

- Estou indo para o acampamento - disse ele. - Assim como planejamos.

- Mas nós temos o Cairns - disse Cole com urgência. A ideia de Lester continuar com a missão parecia absurda para ele. - Nós podemos obter todas as informações que precisamos dele.

- Ele não vai dizer nada - disse Lester. - Será melhor se eu xeretar e conseguir o que puder. Precisamos dos movimentos de Stuart em direção às nossas forças. Voltarei assim que conseguir isso.

- Espero que sim, capitão. Eu lhe devo uma.

Lester sorriu.

- Isso serve para nós dois, soldado. Você provou o seu valor hoje. Aquele seu tiro em Cairns foi ótimo.

- Ah, foi como pescar em um balde, capitão, isso eu lhe garanto.

Eles se abraçaram e Lester bateu várias vezes nas costas de Cole.

- Você vai ficar bem com as mulheres e todo o resto?

- Vamos ficar bem, sim. Disseram que há uma cidade a menos de três quilômetros daqui onde elas são conhecidas. Vou escoltá-las até lá e depois volto para o acampamento com essa porcaria. - Ele cutucou a perna de Cairns com um dedo rígido. Cairns gemeu e olhou para ele por cima da máscara de lenço.

- Fique de olho nele. Ele é escorregadio como uma enguia.

- Ah, ele não será problema, capitão. Não se preocupe.

- Não tenho nada com o que me preocupar em relação a você, Cole.

Ele deu um aceno final antes de se virar.

- Capitão! - gritou Cole.

Lester se virou, levantando uma sobrancelha.

- Você nunca me disse por que o seu apelido é Vermelho.

O capitão abriu um sorriso.

- Você conhece alguma coisa sobre a Inglaterra, Cole?

- Nada. Nem tenho certeza se sei onde fica!

- Você sabe que eu sou inglês, certo? - Cole assentiu com a cabeça. - Os ingleses adoram queijo. Há um condado chamado Leicester onde eles fazem queijo; e tem um que é tradicionalmente vermelho. Ele tem sido pintado há mais de duzentos anos para o distinguir dos outros queijos. O Leicester vermelho. Por isso eu sou conhecido como *Vermelho*, assim batizado por alguns escoceses do meu regimento que perceberam o meu nome. - Ele riu alto. - O mais engraçado é que eu *odeio* qualquer tipo de queijo!

Ainda rindo para si mesmo, ele se virou e caminhou de volta para onde seu cavalo o esperava.

Cole ficou observando as suas costas e se perguntando se voltaria a ver aquele homem.

CAPÍTULO DOZE

Eles finalmente chegaram a outra ascensão e de lá, Cole viu na depressão uma pequena cidade. Não era grande, uma coleção de vários imóveis de madeiras, alguns ainda não estavam totalmente erguidos, agarrados a uma única rua de trilhos. Uma igreja ficava na outra extremidade, a mais impressionante de todas as construções. As mulheres imploraram a Cole para que ele fosse com elas à cidade, mas ele recusou, explicando que o tempo estava contra ele e Cairns precisava enfrentar a justiça. Com isso, Cairns murmurou uma série de obscenidades, forçando Cole a bater em sua nuca com a coronha do revólver.

Houveram muitos abraços e lágrimas quando Cole finalmente partiu, acenando pela última vez para o grupo antes de desaparecer entre as árvores na direção geral do forte da União que ele e os outros haviam deixado dias antes.

Sem falar, Cole conduziu Cairns, dobrado e gemendo no dorso do seu cavalo, através de uma paisagem pontilhada de árvores e moitas, grama exuberante e colinas ondulantes. Aquela era uma terra agradável e, em outras circunstâncias, ele pensou que seria um bom lugar para se estabelecer. Seus pensamentos se voltaram para a tarde que tinha passado com Penny e um arrependimento enorme pairou em sua mente. Ele sabia exatamente o que faria assim que voltasse ao quartel, e tal pensamento lhe trouxe um sorriso no rosto.

Eles acamparam à beira de um rio, que gorgolejava gentilmente em direção ao mar distante. Cole estendeu seu colchonete e fez uma pequena fogueira. O tempo estava frio e havia pouca comida. Cairns, mal-humorado, mordiscou o biscoito seco que Cole lhe ofereceu.

- Isso não é o suficiente, seu idiota.

- Se você continuar falando, Cairns, eu lhe darei uma outra amostra da minha pistola.

- Você está todo forte e durão agora, não é, Cole? Não estaria se gabando se estivéssemos de igual para igual.

Sabendo que aquilo era uma artimanha para libertá-lo, Cole ignorou as zombarias do homem. Em vez disso, caminhou até ele, amarrou seus pulsos e o prendeu a uma árvore próxima, permitindo folga suficiente para que ele pudesse se deitar confortavelmente. Então ele tirou as botas de Cairns e voltou para o seu próprio lugar. Ele ficou sentado por um bom tempo, olhando para o nada enquanto o anoitecer lentamente dava lugar à noite enquanto o fogo se apagava em pequenas brasas crepitantes.

Ele acordou cedo, com o amanhecer nada mais do que uma marca de lápis borrada no horizonte. Depois de verificar Cairns, ele vagou, cortando um caminho entre as árvores em direção às margens do rio. Lá, ele fez seus exercícios de alongamento, calistenia e boxe sombra antes de tirar suas roupas e mergulhar no rio para esfriar os músculos ardentes. Em seguida, ele se sentou com sua mente repassando tudo o que havia acontecido nos dias anteriores. Seus olhos ficaram vagos e, sem qualquer pensamento ou ação consciente, ele chorou. Tudo aquilo surgiu sem controle do fundo da sua alma... os medos, a ansiedade, a fragilidade da sua juventude, Penny. Tantos arrependimentos, tantas ações que ele desejou nunca ter se permitido. Ele chorou por si mesmo, pelo que a sua vida havia se tornado, pelas lembranças de sua mãe e como ela ficaria tão desapontada se pudesse vê-lo... e quem poderia dizer que ela não podia? Muitas vezes ele sentia a presença dela, seu julgamento silencioso sobre a forma como a sua vida havia se perdido, assombrando-o a cada passo. Ela o amava, ele sabia muito bem disso, e ele a decepcionou.

Ele lavou o rosto mais uma vez, se secou e retornou ao acampamento improvisado para encontrar Cairns lutando contra suas amarras, com o rosto vermelho devido ao esforço. Ignorando-o e os muitos palavrões que saíam da sua boca, Cole fez uma pequena fogueira e preparou um café. Eles beberam em silêncio antes de Cole desmontar o acampamento e eles partirem novamente em seu ritmo habitual e cansativo. A terra era fácil, a temperatura estava amena e não havia nada que os detivesse ou os desviasse do seu curso.

Até que eles chegaram à aldeia.

Para ser mais preciso, ela nada mais era do que uma seleção de cabanas de barro de vários tamanhos, dispostas em um semicírculo aleatório. Cole nunca havia visto nada parecido. Ele parou seu cavalo e olhou para elas com grande interesse. Ao lado dele, Cairns bufou:

- Provavelmente Shawnee ou alguma tribo em ruínas que conseguiu escapar de alguma reserva. Isso acontece o tempo todo.

- Shawnee?

- Talvez, ou um dos outros da tribo Rappahannock. Vai saber, quem se importa? Eles são inofensivos.

Enquanto observavam, vários guerreiros montaram em seus pôneis e bateram com os calcanhares em seus animais na direção dos dois batedores. Cole ficou tenso.

- Tem certeza de que eles são inofensivos?

- Creio que sim. Por que você não me dá uma arma? Pelo menos teremos boas chances se algo der errado.

Se virando para ele, Cole lançou um olhar cáustico.

- Melhor não, Cairns.

Cairns deu de ombros e deu uma risadinha.

- Como quiser. Para mim, eles são todos uns selvagens malditos e, enquanto eles estiverem tirando o seu couro cabeludo, eu vou simplesmente me sentar e apreciar o espetáculo.

- Como você é bem-humorado e cheio de preocupação, não é mesmo, Cairns?

- Eu faço o meu melhor para agradar, fedelho.

Cole estava prestes a responder quando os guerreiros se aproximaram, freando seus pôneis a cerca de dez passos deles. Eles ficaram parados, os encarando fixamente.

- Os Shawnee são bons de prosa - disse Cairns.

- Cala a boca, Cairns. - Cole estudou os quatro homens à sua frente.

Nenhum dos homens seminus, com os corpos brilhando com óleo e cabelos até os ombros, falou. Eles ficaram em seus pôneis, e tanto os animais quanto os homens eram magros, quase esqueléticos, com as costelas claramente visíveis sob a pele... tão magros que eram quase transparentes. Eles estavam famintos e seus olhos, arregalados e esperançosos, pareciam gritar por socorro.

O guerreiro líder estudou os dois batedores por algum tempo, com olhos inquisidores pousando nas cordas que uniam os pulsos de Cairns.

- Vocês falam inglês? - Cole finalmente perguntou. Ele não temia esses homens. Eles não possuíam armas. Dois estavam com arcos, mas estes eram quase certamente reservados para a caça. Alguns estavam encolhidos em si mesmos, velhos antes do tempo. Eles estavam sofrendo, todos eles, e a primeira emoção de Cole foi pena.

- Um pouco - disse o homem da frente. Seu olhar foi de Cairns a Cole. - Você é um homem da lei?

- Estamos voltando para o nosso quartel - explicou Cole, falando devagar. - Esse aqui é o meu prisioneiro.

Cairns zombou:

- Não dê ouvidos a ele. - Ele se contorceu em sua sela. - Atire nesses idiotas, Cole, antes que eles atirem em nós.

Os guerreiros se eriçaram, trocando comentários em sua própria língua uns com os outros. Mesmo sem conhecer suas palavras, Cole podia sentir o mal-estar neles. A atitude de Cairns os assustou. Cole estava prestes a fazer o seu melhor para atenuar o que poderia ser uma situação perigosa, mas o guerreiro líder falou primeiro. Ele levantou a mão e respondeu os seus companheiros com alguns comentários guturais antes de retornar a Cole.

- Nós temos coelho. Querem vir conosco?

Cairns se inclinou sobre o seu cavalo e cuspiu no chão.

- Me deixe aqui, fedelho. Eu não vou jantar com selvagens.

- E ainda assim, você é um - disparou Cole sem pestanejar.

Os dois homens se entreolharam.

- Se você não estivesse em vantagem agora, fedelho, eu daria uma surra em você.

Um sorriso fino se espalhou pela boca de Cole.

- Ah, eu acho que podemos encontrar uma maneira de você tentar, Cairns.

- Você não vale nada. Nunca valeu. Eu bati em você da última vez e você me retribuiu com um tiro na perna. Dessa vez, você acertou meu ombro, mas isso não vai mudar nada. Eu vou espancar você até a morte, fedelho, apesar dessa maldita perna e desse ombro machucado, então eu teria muito cuidado ao fazer tais arranjos.

Expelindo o ar ruidosamente pelo nariz, Cole acenou para o guerreiro líder.

- Eu ficaria honrado, mas esse aqui irá desfrutar da sua própria companhia.

O guerreiro grunhiu, se virou e falou com os seus companheiros. Eles rapidamente se aglomeraram em torno de Cairns, que berrava, e o levaram para um pequeno bosque. Cairns fez o que pôde para combatê-los, mas foi inútil. Com pouca dificuldade, pouco tempo depois eles o amarraram habilmente à uma árvore.

Rindo entre si, eles foram em direção ao acampamento. Cole se virou para ver Cairns lutando contra as cordas, com o rosto vermelho devido ao esforço e, sem dúvida, muita raiva. Ele não pôde deixar de sentir uma grande satisfação diante da angústia do homem.

A refeição foi simples, e Cole, ouvindo o inglês quebrado do índio líder, conseguiu entender um pouco da conversa. Quando várias crianças pequenas o escalaram, Cole soube que o grupo familiar tinha realmente se libertado da sua reserva e partido por conta própria. Eles se depararam com aquele acampamento antigo e fizeram dele uma espécie de lar temporário, consertando as cabanas da melhor maneira possível. Eles caçavam nos campos e florestas ao redor, mas não era o suficiente para sustentá-los. Felizmente, eles tinham água fresca de um rio próximo. A simplicidade daquela vida deixou Cole com inveja; no entanto, a luta constante para encontrar comida suficiente o fez perceber o quão precária era aquela situação.

- O outro é um homem mau? - perguntou o guerreiro líder.

Cole se conteve de responder imediatamente. Cairns não era completamente mau. Sem dúvida ele acreditava na causa confederada, mas as suas ações traiçoeiras deixaram Cole com um sentimento desprezível.

- Ele está... equivocado.

O guerreiro franziu a testa.

- Eu não entendo essa palavra.

- Significa... que os seus pensamentos e suas ações não são o que deveriam ser. Ele quebrou nossas leis e matou alguns do meu povo. Eu o estou levando de volta para enfrentar a justiça.

Assentindo, o guerreiro roeu um osso da perna do coelho antes de jogá-lo no fogo ao redor do qual eles estavam sentados.

- O seu povo, eles desejam fazer o mesmo conosco?

- Sim, mas vocês não mataram ninguém. - Ele permitiu que o seu olhar percorresse os outros homens. Eram seis ao todo e, vendo-os tão de perto, eles não pareciam tão ferozes quanto ele havia imaginado. Eles eram magros, tinham rostos esqueléticos e em volta dos olhos havia uma coloração escura. As crianças que rolavam brincando e dando risadinhas pareciam as menos afetadas por aquela situação difícil. Ficou claro que a comida que eles conseguiam pegar era dada primeiro aos mais novos. - Pelo menos é o que eu acho.

O guerreiro líder riu.

- Não, não matamos. A vida na reserva era mais como uma prisão. Regras. Homens feitos para se sentirem *menos* do que homens.

- E uísque - disse um dos outros. - Eles nos davam muito uísque.

Cole levantou uma sobrancelha. Então alguns deles também sabiam falar inglês. Ele se perguntou o quanto eles realmente entendiam.

Eles continuaram conversando por mais algumas horas antes de Cole pedir licença e os agradecer pela hospitalidade. Pegando a mão do guerreiro líder e apertando-a com gratidão, Cole se sentia muito melhor do que quando se deparou com aquele povo.

- Desejo toda a felicidade do mundo a vocês.

O guerreiro líder abriu um sorriso triste.

- Isso depende, meu amigo. - Ele o levou para longe do acampamento depois que Cole se despediu, principalmente das crianças, algumas das quais já estavam chorando com a sua partida.

Na subida, o índio acenou com a mão sobre a vista aberta.

- Essa terra é grande o suficiente para todos nós, eu acho. No entanto, o seu povo, vocês querem tudo. Quando você passar por aqui novamente, talvez não nos encontre.

- Espero que você esteja errado. Eu gostaria de trazer comida e suprimentos como cobertores, ferragens, milho...

- Você é gentil, meu amigo. Para alguém tão jovem, você fala com muita sabedoria e compreensão.

Sentindo o calor subir em seu rosto, Cole desviou o olhar.

- Talvez. O mundo é um lugar louco agora, e a guerra é uma coisa terrível. Muitos morrerão antes dela acabar, e muitos deles serão jovens. Como eu. Nossa juventude já está perdida para a violência e o egoísmo dos outros.

Eles apertaram as mãos novamente e, Cole, de cabeça baixa, perdido em seus pensamentos, caminhou lentamente de volta para onde Cairns estava esperando, mal-humorado e desdenhoso como sempre.

CAPÍTULO TREZE

À primeira vista, pouco havia mudado no forte enquanto Cole cavalgava na manhã seguinte. O lugar continuava a fervilhar de atividade, tanto que ninguém prestou atenção ao jovem imundo e de aparência cansada que conduzia um bandido mal-humorado e de ombros curvados, curvado sobre uma égua enlameada. Sem uma troca de palavras ou olhares, Cole desceu do cavalo e amarrou as rédeas de ambos em um trilho de engate e esticou as costas. Ele parou nos degraus do alojamento do comandante e acenou para o guarda corpulento que estava de sentinela.

- O coronel está lá dentro?

O sentinela estudou Cole com um olhar fulminante.

- Quem quer saber?

- Meu nome é Cole. Recebi ordens para trazer um prisioneiro. - Cole gesticulou em direção a Cairns. - E aqui está ele.

Grunhindo uma resposta, o sentinela se virou, bateu à porta e entrou. Ele emergiu alguns minutos depois com o tenente Danebridge.

- Cole? Meu Deus, você o pegou!

Com o rosto iluminado, o tenente desceu os degraus

saltitando, agarrou Cole pelos ombros, depois se virou e olhou para Cairns.

- Você vai ser enforcado pelo que fez, Cairns. Espero que saiba disso.

Sem se preocupar em reconhecer o oficial, Cairns simplesmente se reposicionou em sua sela e bufou alto.

- Ele sempre foi um sujeito insolente - disse o tenente, torcendo o nariz e acenando para o sentinela. - Reúna mais alguns homens e escoltem esse prisioneiro até o brigue. - Ele sorriu. - Desculpe o meu deslize, Cole, mas eu era um homem da marinha antes de me alistar no Exército do Potomac assim que as hostilidades começaram. Eu quis dizer prisão.

Elegantemente, o sentinela bateu continência e correu para cumprir a ordem do jovem oficial.

Danebridge levou Cole para o lado.

- O coronel viajou para Camp Nelson para discutir os últimos planos com o general. Ele vai ficar fora por uma semana ou mais. Quando ele retornar, espero que nossa força marche para o oeste e enfrente o inimigo.

Ainda a uma certa distância, Cairns riu, balançou a cabeça, se virou e cuspiu no chão.

Danebridge olhou com raiva para as costas do homem.

- Não tenho dúvida de que o seu relatório será uma leitura interessante, Cole. Presumo que você poderá escrevê-lo.

Cole se irritou um pouco.

- Posso, senhor.

- Que bom. Ah, aqui está Fowles e os outros.

O sentinela apareceu com outros três soldados, tão corpulentos quanto ele.

- Prenda-o bem, Fowles. Não quero que ele tenha nenhuma oportunidade de escapar.

Os soldados começaram imediatamente a arrastar Cairns do seu cavalo para escoltá-lo através do espaço aberto do campo de parada do quartel, até uma fileira de construções baixas no lado oposto. Eram estruturas de aparência frágil com telhados arqueados, paredes de barro rachadas, janelas minúsculas e portas precárias. Como tudo no quartel, elas pareciam temporárias. Elas não incutiram grande confiança em Cole.

- Você tem certeza de que é uma prisão forte o suficiente para mantê-lo?

O tenente encarou Cole com um olhar duro.

- Ele ficará lá por no máximo um dia, então não há nada com o que se preocupar. O julgamento dele com as suas provas, Cole, será uma formalidade. Imagino que ele será enforcado depois de amanhã.

- Bom, contanto que tenha certeza, senhor, vou voltar para o meu beliche e começar a fazer o relatório. - Ele juntou os calcanhares e bateu continência. Danebridge fez o mesmo e voltou para os confins dos aposentos do coronel.

Naquela noite, Cole foi visitar Penny, mas ninguém atendeu a porta. Voltando ao quartel, ele perguntou sobre o seu paradeiro e foi informado pelo sargento de intendências que o seu pai, o "bom médico", havia partido para um local não revelado alguns dias antes. Os únicos detalhes que ele podia fornecer era que Penny havia adoecido.

Cole sentiu suas pernas amolecerem e se esforçou para se segurar no balcão que o separava do sargento.

- Ela está doente?

- Isso é tudo o que sei, jovem. Talvez você possa visitar a Sra. Randall nos aposentos dos oficiais. Eu sei que ela era amiga do doutor. Ela pode saber um pouco mais do que eu. Me desculpe.

Cambaleando, Cole parou na porta aberta e enxugou a testa com o lenço.

- Você está bem, jovem?

Cole não respondeu. Ele não queria. Tomado por um sentimento esmagador de medo, ele caminhou lentamente noite afora até onde esperava encontrar a Sra. Randall.

Ele mal conseguiu conter seu alívio quando ela abriu a porta do seu apartamento e lançou ao jovem batedor um olhar educado, porém curioso.

- Sra. Randall? Me desculpe, minha senhora. - Ele rapidamente tirou o chapéu e o segurou entre as mãos. – Me disseram que a senhora poderia saber o paradeiro do médico e da sua filha, Penny. Estou perguntando devido ao fato de eu ser...

- Você é o Reuben - disse ela suavemente.

Ele parou. Seus olhos já estavam lacrimejando e uma terrível premonição de notícias terríveis se abateu sobre ele. Ele gaguejou:

- S-sim, sou eu.

- É melhor você entrar.

O apartamento era pequeno e pouco mobiliado, com um único cômodo principal e um quarto. Tal como em todos os imóveis do forte, as paredes eram temporárias e frágeis. Elas tremeram quando Cole passou pela porta e se sentou em uma cadeira de costas duras. A Sra. Randall permaneceu de pé, olhando para baixo e com a boca ligeiramente trêmula. Ela brincava com um lenço de renda nas mãos, torcendo-o como se estivesse molhado.

- O meu marido... - A voz dela sumiu e ela fungou alto.

A essa altura, Cole já estava possuído por um mal pressentimento tamanho que mal conseguia falar. Sua voz estava fraca e ele resmungou quando disse:

- Por favor, me conte o que aconteceu.

Ela levantou o rosto e ele pôde ver que ela estava chorando; as lágrimas rolando sem controle.

- Eles se foram, Reuben.

Ele balançou a cabeça em uma incompreensão estúpida.

- O meu marido é capitão no regimento. Ele foi abordado por um soldado doente que lhe disse que desejava ver o médico para tomar algum remédio para a sua doença, mas que ninguém o atendeu. Meu marido ficou um pouco irritado no começo, se perguntando por que esse soldado não podia entrar no consultório, dar a volta pelos fundos e bater nas janelas.

Eventualmente, Nigel, meu marido, acompanhou o soldado. Realmente, o lugar parecia vazio, então ele assumiu o comando e ordenou que outros homens forçassem a entrada. - De repente, ela desmoronou, pressionando o lenço em seu rosto enquanto desabava em uma cadeira acolchoada em frente a Cole. - Eles estavam lá dentro. Os três.

Cole prendeu a respiração, sem querer ouvir o que a mulher tinha a lhe dizer em seguida.

- Eles estavam mortos, Reuben. O médico, sua esposa e... meu Jesus, a garota, Penny. Todos mortos. Eu sinto muito, Reuben. Eu sinto muito.

Incapaz de conter suas emoções por mais tempo, ela desabou em lágrimas enquanto Cole ficou parado, entorpecido com a enormidade do que tinha ouvido, uma notícia terrível demais para registrar em sua mente confusa. Mortos? Como eles poderiam estar mortos? Todos eles? A família toda? Simplesmente não era possível! A voz dele falhou quando ele conseguiu fazer a pergunta:

- Como?

Balançando a cabeça, a Sra. Randall olhou para ele horrorizada.

- Eles... *Não sabemos*, Reuben. O coronel se encarregou de ir imediatamente até Camp Nelson onde há outro médico, o major Steiner, ele é algo como um especialista, pelo que eu entendi. Quando ele voltar, será feito um exame completo. Os aposentos estão selados, no caso de haver alguma pista. Até que haja uma investigação completa, tudo o que podemos fazer é esperar.

Como se estivesse atordoado, Reuben voltou para seus aposentos, desistindo de fazer uma pequena oração de agradecimento por já ter concluído seu relatório. Ele não estava com vontade ou desejo de fazer nada além de se deitar em seu beliche. Quando vários soldados entraram no alojamento após o término dos seus deveres, nenhum deles o perturbou, todos caíram em um silêncio constrangedor. Talvez eles já soubessem. As notícias corriam rapidamente pelo quartel.

Ele não conseguia se concentrar em nada, sua mente era um trapo torcido de emoções conflitantes. Uma coisa o preocupava, no entanto, mais do que qualquer outra. Isso o corroía por dentro. Por que Danebridge não mencionou nada disso? Por que ele disse a Cole que o coronel havia ido a Camp Nelson para revisar as ordens de batalha em vez da verdade sobre ele ter ido procurar o Dr. Steiner? Foi um engano genuíno, ou o coronel proibiu o tenente expressamente de discutir abertamente os acontecimentos com Cole? Sem encontrar uma resposta, ele finalmente conseguiu empurrar os pensamentos para os recônditos da sua mente e caiu em um sono perturbado.

CAPÍTULO CATORZE

E le acordou antes do amanhecer e saiu. O acampamento estava quieto, ninguém estava de pé. O único sinal de atividade era de um sentinela solitário parado nas muralhas, olhando para os campos cinzentos e frios. Cole olhou para ele melancolicamente, desejando ser aquele sentinela naquele momento. As lembranças de Penny vieram mais uma vez em sua mente... seu rosto, o som da sua voz, sua risada. Aqueles olhos, sempre vívidos com a luz da felicidade interior. O que havia acontecido para extingui-los? Uma doença? Mas para todos os três terem sido atingidos, isso significaria que era algo contagioso e, portanto, um perigo para todos no quartel. Certamente, o coronel teria imposto alguma forma de quarentena, ou mesmo o abandono do local?

Suspirando alto, ele esfregou o rosto com as mãos e decidiu pegar seu cavalo e cavalgar até o único lugar que restava e que poderia lhe oferecer algum tipo de consolo - o campo aberto.

Ele cavalgou por muito tempo. Essa não era uma terra na qual ele se sentia em casa. Havia muitas árvores e muita grama. Ele ansiava pela extensão aberta das planícies, pelas montanhas altas, com a promessa de voltar ao rancho da sua família. Ele gostaria de ter levado Penny para casa, apresentá-la ao pai e mostrar a todos o quão orgulhoso ele estava.

A juventude não pode dar lugar à idade e à experiência até que o tempo tenha passado. Enquanto freava seu cavalo e olhava para um grupo de árvores, ele podia ouvir o som fraco da água e sentir o cheiro doce no ar. E em todos os lugares, na grama, no céu, na forma como as sombras brincavam na paisagem ondulante, ele via o rosto dela. Aqueles olhos vívidos, aquele sorriso lindo, e a voz, cheia de mel, doce, suave e verdadeira. Penny.

Muito rapidamente, toda a sua falsa bravata, seu autocontrole e sua força evaporaram antes que ele pudesse se conter. Ele desabou em lágrimas e chorou incontrolavelmente por tudo o que havia perdido. Sua antiga vida, sua mãe, Penny. Tudo se combinou para engoli-lo em uma nuvem envolvente de tristeza e desespero.

Será que a vida voltaria a ser a mesma?

Seu retorno ao quartel foi lento e constante. Imerso em seus pensamentos, ele precisava saber a verdade sobre o que havia acontecido. Ele precisava que o coronel voltasse.

Como Danebridge havia previsto, o julgamento de Cairns foi uma formalidade. Cole se sentou em silêncio na parte de trás, braços cruzados, olhando para longe, vagamente consciente do que acontecia ao seu redor. Nada mais tinha muito significado, mas ele fez o seu melhor para ouvir. Um jovem segundo-tenente defendeu Cairns com um zelo admirável, mas as provas se mostraram esmagadoras demais para os oficiais residentes - dois majores de aparência rude, com enormes bigodes em forma de u e expressões entediadas, junto com um capitão de artilharia cuja cicatriz cruel e lívida atravessando a ruína da sua bochecha esquerda chamou a atenção de todos - refletirem sobre o julgamento por mais do que alguns minutos.

Cairns se levantou devidamente quando a sentença foi anunciada. Ele não expressou nenhuma reação à notícia da sua destruição iminente na manhã seguinte. Sem olhar, ele se virou e sua escolta o levou de volta para a sua cela.

Desesperado para deixar a atmosfera opressiva do interior do tribunal improvisado, Cole saiu para o sol da tarde e tirou um momento para respirar o ar fresco. Ele se afastou do campo de parada e do constante bater de martelos e dos gritos das serras enquanto um bando de soldados vestidos com camisas de manga comprida trabalhavam na construção de um andaime. Cole tinha pouco desejo de contemplar ou, de fato, testemunhar a execução de Cairns na manhã seguinte. Ele já havia tido o suficiente de morte até o momento.

Ele foi até os aposentos de Danebridge apenas para ser informado de que o tenente havia ido embora. Talvez ele tivesse ido até Camp Nelson se encontrar com o Coronel Astley. O sentinela da porta não sabia, e sua expressão demonstrava a Cole que ele não se importava.

- Então quem está no comando?

- O tenente Danebridge nunca esteve no comando.

- Tudo bem, mas a questão ainda permanece.

O sentinela lhe lançou um olhar sombrio.

- Major Knowles.

- Ele estava no julgamento, eu acho.

- Julgamento?

- Corte marcial. Cairns foi condenado. Ele será enforcado amanhã.

O sentinela estalou a língua.

- Eles deveriam jogá-lo como comida para os cães. Quantos dos nossos garotos ele mandou para a sepultura antes do tempo, hein?

- Muitos, mas pelo menos isso vai acabar logo.

- Até voltarmos a enfrentar os rebeldes e levarmos outro pontapé na bunda.

- Você acha que isso vai acontecer?

- As coisas não estão indo bem, não é mesmo? O presidente prometeu um monte de coisas quando essa fúria estourou, mas ainda não vi nada de bom saindo de toda essa matança. Você lutou em batalha?

- Sou um batedor, então ainda não vi luta em campo – disse ele rapidamente, ao notar a expressão do sentinela ficando azeda. - Mas já estive em vários tiroteios. Eu sei tudo sobre matança.

O sentinela o olhou longamente da cabeça aos pés e vice-versa.

- Você não é muito mais velho do que um pinto que acabou de sair do ovo. Como você já está lutando?

Cole deu de ombros.

- Eu tive que aprender depressa. Não me orgulho de nada que fiz, mas a matança me ensinou muito.

- Sério? Meu Deus. - O homem desviou o olhar, ficando sério de repente. - Bom, tenho que admitir, não vi nada disso ainda. Fico apenas marchando e procurando por comida. Não vi mais do que um par de botas rebeldes no degrau da varanda.

- Você está desapontado, certo?

- Pelo amor de Deus, é claro que não! Eu serei um homem feliz se, quando essa triste confusão acabar, eu puder dizer que nunca atirei meu mosquete com raiva. Estou com medo e não me importo de contar isso a você. - Ele franziu a testa profundamente. - Você está assustado?

Cole percebeu que, apesar de toda a sua bravura e rispidez, o sentinela não podia ser alguns anos mais velho do que ele.

- O tempo todo.

Essa confissão pareceu dar um grande alívio ao sentinela, e ele realmente sorriu pela primeira vez desde que começaram a conversar.

- Estarei de folga daqui uma hora. Gostaria de convidá-lo para uma bebida tranquila mais tarde, se você me der a honra.

Cole tirou o chapéu. Ele estava completamente triste e de luto por Penny, e não tinha certeza se conseguiria suportar uma noite de relaxamento. Tal pensamento o fez se sentir culpado.

- Tenho deveres a cumprir, me desculpe.

- Bem, outra hora então? Meu nome é Barnes. Finias Barnes. - Ele estendeu a mão. Cole a apertou, se apresentou e foi para o seu quarto no alojamento, se sentindo pesado e triste.

Imagens horríveis e intermitentes de rostos gritando, sorridentes e pálidos como a morte preencheram seus sonhos, e ele acordou em um sobressalto, sentando-se ereto, inundado de suor. Penny estava parada no canto, vestida com uma túnica branca, seu rosto obscurecido por um véu, a mão estendida para ele, implorando.

- Reuben - sussurrou ela. - Reuben, eu sinto sua falta...

Afastando-se dessa visão, com as suas entranhas se retorcendo, ele viu sua mãe perto da cama com a feição realmente preocupada e com os olhos arregalados e cheios de lágrimas.

- Meu filho, meu filho...

Jogando as cobertas para longe, Cole cambaleou para trás, perdido na escuridão e nos horrores que havia testemunhado, enquanto os sinos soavam mais alto do que qualquer outra coisa. Uma constante e interminável cacofonia de sons acompanhada por uma única voz, ansiosa e assustada:

- Às armas, homens! Chamem todos!

- Cole, mas que diabos está acontecendo?

Ele se virou e gritou quando um soldado alto o agarrou pelo ombro.

- O que você está fazendo?

Tremendo e completamente desperto, Cole percebeu que o seu pesadelo acordado era ao menos parcialmente realidade. Homens corriam pelo quarto, calçando botas, vestindo túnicas e procurando mosquetes enquanto o pânico se espalhava.

Observando tudo como se estivesse à distância, Cole deu um

pulo quando a porta principal se abriu e uma figura apareceu urrando:

- Reúnam-se no campo de parada imediatamente!

Menos de cinco minutos depois, o centro do quartel estava cheio de homens do regimento reunidos às pressas, sargentos verificando as filas, vários homens abotoando rapidamente as túnicas e ajustando as calças enquanto um murmúrio de expectativa ondulava entre eles.

- Aten-*ção*! - rugiu um enorme sargento-mor flanqueando um grupo de oficiais que esperava pacientemente os homens se acomodarem. Instantaneamente, as vozes pararam e os soldados se endireitaram. Cole, um pouco afastado, notou que o sargento-mor era o seu treinador, Arnoldson. Ele também observou que o oficial que deu um passo à frente era o major Knowles.

- Ouçam com atenção, homens - começou o major, examinando os soldados reunidos. - O prisioneiro Cairns escapou e agora está voltando para as linhas inimigas. - O burburinho recomeçou. Arnoldson os encarou e todos pararam. - Isso significa que os rebeldes, assim que Cairns lhes contar sobre a nossa situação, estarão a caminho daqui em um piscar de olhos. Devemos, portanto, nos preparar para um alto estado de preparação. Os batedores serão enviados, a artilharia será preparada, os mosquetes serão limpos e preparados. Somos apenas uma pequena parte do Exército do Potomac, mas somos indiscutivelmente os mais vulneráveis. Há apenas oitocentos de nós aqui, e um ataque bem-sucedido em grande escala irá expor o flanco do exército e empurrá-lo de volta para o mar. Todo o sucesso do plano do general McClellan de derrotar as forças rebeldes pode muito bem depender de como respondemos a essa situação. Sei que vamos prevalecer, homens. Deus está conosco, e tenho certeza das habilidades de vocês para vencer!

Como um, os homens rugiram em aprovação e ergueram suas vozes em gritos selvagens, muitos brandindo seus mosquetes e alguns atirando seus quepes para o alto.

Knowles observava pacientemente, assentindo com

satisfação as reações do batalhão. Em um tom mais baixo, ele disse:

- Sargentos, tomem conta das suas companhias e cumpram as suas ordens.

Ele se afastou e, acompanhado por outros dois oficiais, foi até onde estava Cole.

- Bem, Cole, você está pronto?

Sem saber ao que o major se referia, Cole estufou o peito e disse:

- Pronto e disposto, senhor.

- Você é um bom homem. Você é o único batedor que temos e seu fardo é pesado, mas você tem que encontrar Cairns antes que ele alcance as linhas inimigas.

- E devo trazê-lo de volta, senhor?

Knowles desviou o olhar. Um dos outros oficiais se aproximou.

- O que for preciso, Cole. Nossa única preocupação é que ele seja impedido de informar aos rebeldes sobre a nossa situação.

- Entendi, senhor.

- Você mostrou seu valor mais de uma vez, Cole - disse Knowles. - Eu sei que você terá sucesso. Vá assim que estiver pronto.

Cole bateu continência e esperou que os oficiais se afastassem antes de se permitir relaxar. Ele ficou um pouco surpreso ao ver Arnoldson ali parado, olhando-o fixamente.

- Sabemos como ele conseguiu escapar?

Arnoldson deu um passo para mais perto.

- Parece que ele teve ajuda interna. - Ele balançou a cabeça. - Sem dúvida, o cúmplice que sempre lhe forneceu nossos planos. Danebridge.

Cole respirou fundo e se deu alguns momentos para se recuperar do choque dessa revelação.

- Eles ficarão desesperados e serão perigosos agora que as suas fraudes foram expostas. Vou precisar de ajuda se quiser que eu traga os dois.

Arnoldson passou a ponta da língua pelo lábio superior.

- Recebi ordens para lhe fornecer um rifle eficaz com capacidade de atingir um alvo a mais de seiscentos metros se disparado por um atirador de elite treinado.

Ele fez uma pausa e Cole sustentou o seu olhar.

- Eu não sou nenhum assassino se é isso que o senhor está insinuando, sargento.

- Não, mas eles precisam ser detidos, Cole. Caso contrário, poderemos sofrer um ataque devastador.

- Então é essa a ajuda que eu tenho? Um rifle?

- Ele é muito bom, Cole. Talvez não tão bom quanto o que os rebeldes estão recebendo, ou mesmo algumas das nossas outras tropas, mas foi adaptado e é o melhor que temos no momento. Me encontre no campo de tiro assim que puder para poder disparar alguns tiros e se acostumar com ele, por assim dizer. - Ele levantou uma sobrancelha. - Por falar em prática, você continuou com os pequenos truques que eu lhe ensinei?

- Todos os dias.

- Bom. Podemos testá-los também.

O sargento se virou e saiu marchando, deixando Cole reconsiderando qual era exatamente o seu papel no exército.

CAPÍTULO QUINZE

Pela quinta vez, o estalo do rifle ecoou pelo campo de tiro com a bala acertando infalivelmente o centro do alvo. Cole estava de bruços, com um modelo Luttich Carbine 1843 em suas mãos. Arnoldson lhe disse que o rifle era propriedade do major Knowles, e que pessoalmente o havia confiado nas mãos capazes de Cole. Tal decisão parecia bem comprovada. O primeiro tiro foi para a esquerda, significando que Cole precisava reajustar a mira. Tudo configurado com sucesso, os tiros seguintes foram perfeitos. Ele aumentou o alcance todas as vezes e então, com o alvo posicionado a oitocentos passos, a bala atingiu o alvo diretamente no centro.

- Foi um tiro certeiro - murmurou Arnoldson, que estava assistindo cada tiro através de um binóculo de fabricação alemã. Quando Cole se levantou da sua posição, Arnoldson lhe entregou o binóculo e o estojo. - Leve-o. É um presente, se quiser.

Cole olhou fixamente para o equipamento maravilhosamente projetado.

- Então vou perguntar novamente: estou sozinho nessa empreitada?

- Não podemos dispensar um único homem, Cole. Se você falhar... - Ele deu de ombros.

Soltando um longo suspiro, Cole devolveu o binóculo ao estojo e o fechou.

- Partirei imediatamente. Sabemos quando Cairns fugiu?

- Não, a fuga dele não foi descoberta até que o guarda de plantão foi substituído. Isso foi por volta das quatro da manhã, quando o alarme foi acionado.

- O guarda foi dominado?

A expressão de Arnoldson ficou séria.

- O guarda foi morto; teve a garganta cortada. Provavelmente por Danebridge.

O silêncio pairou entre eles.

- Quem era o soldado? – perguntou Cole finalmente.

- Um jovem chamado Barnes. - Ele parou e fez uma careta.

Esfregando a testa, Cole lutou para evitar desmaiar enquanto o sangue se esvaia dele. Outra morte. Ele sentiu como se mãos invisíveis estivessem apertando a sua garganta, estrangulando-o.

- Cole? Você o conhecia?

Em desespero, Cole passou a mão sobre o rosto, em uma vã tentativa de apagar os horrores que ameaçavam esmagá-lo.

- Finias? Eu o conhecia... mas não muito. Nós conversamos e ele me convidou para tomar uma bebida com ele e eu... Meu Deus, para acabar morto assim.

- Eles não têm escrúpulos, isso é um fato.

Pegando o seu rifle, Cole fez menção de se virar, mas foi interrompido pela voz rouca de Arnoldson:

- Ainda preciso ver se você consegue lidar com Cairns sem recorrer a armas de fogo.

- Agora não, sargento. Agora essa busca se tornou um pouco mais urgente.

- Mesmo assim. - Arnoldson cerrou o punho. - Me dê um soco.

Soltando a respiração, Cole largou o rifle e o binóculo, jogou o chapéu no chão e se agachou.

- Seu desgraçado.

- Isso mesmo, eu sou um desgraçado. Agora me acerte.

Foi breve, mas qualquer um que observasse teria ficado impressionado. Cole fingiu que iria dar um soco rápido, se conteve e, enquanto Arnoldson se preparava para contra-atacar, Cole deslizou para o lado, acertou a bota no joelho do grandalhão e o derrubou enquanto ele se curvava para a frente com um golpe de esquerda.

Recolhendo seus pertences, Cole deu ao sargento um olhar fulminante.

- Se você fosse Cairns, eu quebraria o seu pescoço. Mas como você não é, então vou deixá-lo comendo poeira. Até logo, sargento.

Gemendo, Arnoldson se virou de costas e piscou para o céu.

- Nossa...

Cole nem se deu ao trabalho de responder e foi até os estábulos do quartel para preparar seu cavalo.

Havia uma confusão maluca e descontrolada no quartel. Pelo menos duas dúzias de homens preparavam várias peças de artilharia de canhão, enquanto ao redor deles, soldados se misturavam, correndo para todos os lados, muitas escadas para guardar as muralhas do forte circundante. Já havia vigias posicionados na torre e lunetas fazendo uma varredura no horizonte distante. O que chamou a atenção de Cole, no entanto, foi a visão do major Knowles em uma conversa profunda com dois outros oficiais e, um pouco atrás deles, a Sra. Randall. Ele olhou para ela para chamar sua atenção e ela correu até ele, enxugando os olhos com um lenço.

- Reuben – engasgou ela, parecendo bloquear a aproximação dele. - Reuben. É o auxiliar do major Steiner, o tenente Pace. Meu marido voltou com ele e eles...

Ela desmoronou e Cole, se esquecendo momentaneamente de qualquer decoro, a pegou pelos ombros.

- Sra. Randall? O que isso significa?

- O médico, o tenente Pace, quero dizer, ele examinou os

restos mortais... Reuben, eu sinto muito. - Ela fungou alto e olhou nos olhos dele com tanta preocupação que Cole voltou a experimentar aquela sensação horrível de colapso iminente o envolvendo. - Penny e sua família, eles... Ah, meu Deus, não há outra maneira de lhe dizer isso. Eles foram assassinados, Reuben. Os três. *Assassinados.*

Cole deixou suas mãos caírem e deu um soco na própria boca para evitar gritar de desespero.

———

Ele se afastou como se tivesse entrado em outro mundo, povoado apenas por ele. O mundo real continuava ao seu redor, mas ele não estava mais ciente disso. Ele tropeçou em direção aos degraus da prisão improvisada e desabou sobre eles.

- Cole?

O som do seu nome o obrigou a olhar para cima. Lá estava o major Knowles, sério e preocupado, com as sobrancelhas levantadas e com um olhar sério, sem piscar.

- Cole, eu sei que você era amigo da... - Ele se virou e suspirou. - Nós conversamos e chegamos à uma conclusão terrível. O bom médico deve ter descoberto de alguma forma a verdadeira identidade de Danebridge. Sabemos que o tenente visitou o alojamento do médico e está claro o que aconteceu.

- Danebridge. Foi ele quem matou toda a... - Cole pressionou o rosto nas mãos.

- Agora nós temos uma situação ainda mais urgente, Cole. Não é só imperativo que Danebridge e Cairns sejam detidos, mas também tememos pelo coronel Astley. Ele deve estar agora mesmo voltando de Camp Nelson com o Dr. Steiner. Se eles encontrarem Danebridge e Cairns... Bem, eu não preciso lhe explicar qual seria o resultado.

- Não - disse Cole se recompondo, com um nó torcido em suas entranhas se transformando em uma bobina sólida de aço. Ele se levantou, cerrou os dentes e rosnou: - Estou indo agora mesmo, major. E eu não vou desapontar nem você e nem ninguém.

Ele marchou em direção ao estábulo, olhando fixamente para frente. Penny, querida Penny, a amizade deles havia sido tão breve, tão cheia de promessas. E agora ela estava morta. Assassinada. Ele poderia não ser um assassino, mas agora tinha todos os motivos para acabar com esse pesadelo de uma vez por todas.

Vingança.

CAPÍTULO DEZESSEIS

Eles foram descuidados em sua fuga. Cole teve pouca dificuldade em encontrar o rastro que deixaram. Ele se forçou a desacelerar sua perseguição, não querendo que o seu desejo de vingança turvasse seu discernimento. Em alerta constante, ele se movia de forma suave e fácil pelas terras verdejantes. As várias árvores proporcionavam muita sombra e ele passou a gostar do passeio, apesar do motivo de estar ali.

Em uma pequena depressão, ele se deparou com evidências de um acampamento. Os restos de um coelho jaziam entre as brasas enegrecidas do fogo, e ele se lembrou de como a família de Shawnee lhe dera comida não muito tempo atrás. Uma pontada de arrependimento por não ter levado algumas provisões para eles o fez parar para considerar como, por mais agradável que esse país fosse em comparação com a sua própria terra natal, a vida continuava sendo uma luta.

Ele seguiu em frente, acampando algumas horas depois. Ele não fez uma fogueira, mas o ar estava ameno, e um jantar com biscoitos secos e água provou ser o suficiente para aliviar os roncos vindos do fundo das suas entranhas.

A manhã amanheceu fresca e brilhante. Ele ajustou um saco de estopa no pescoço do seu cavalo. Cheio de aveia e cevada, a égua provavelmente comeu melhor do que ele. Ela já estava bem acostumada com o saco e o abaixou no chão para mastigar o conteúdo com pouca dificuldade. Cole vagou até algumas árvores próximas para se aliviar antes de esticar as costas.

Ele ouviu o som inconfundível de um cavalo se aproximando quase que imediatamente. Apressado, ele sacou seu revólver Colt Dragoon - sua segunda arma permaneceu em um dos alforjes em seu acampamento improvisado - e se abaixou lentamente sobre um joelho.

O som que se aproximava o confundiu. Ele tinha certeza de que Cairns e Danebridge não poderiam ter voltado. Eram poucas as chances de que eles estivessem cientes da sua perseguição, por isso tinha que ser outra pessoa. Nenhum Shawnee ou qualquer outro nativo seria tão descuidado em sua abordagem. Qualquer outra pessoa ali naquele momento deveria, portanto, ser...

Ele quase gritou quando o cavaleiro apareceu. Curvado sobre a sela, uma mão pendurada frouxamente ao lado do corpo, um rastro de sangue seco claramente visível, e a outra mão segurando as rédeas, estava claro que o homem estava sofrendo. Sem chapéu e de cabeça baixa, no entanto, ele era facilmente reconhecível como o coronel Astley.

Guardando a arma, Cole irrompeu entre as árvores circundantes e correu em direção ao seu comandante. O cavalo se assustou e quase fugiu. O coronel, alertado pelo frenesi repentino de seu cavalo, controlou-o com habilidade e virou o rosto para Cole, que estava a dois passos dele, respirando com dificuldade, mas sorrindo amplamente.

- Senhor amado - resmungou o coronel. - Pensei que o meu fim havia chegado!

Chegando mais perto, Cole pôde observar a condição do coronel e, para o seu alarme, viu que a pele do homem era de uma palidez mortal, drenada de sangue. Seus olhos estavam avermelhados e os lábios azuis. Quando o coronel Astley forçou um sorriso, ficou claro que ele estava sofrendo quando sua expressão amigável se transformou em uma careta de pura agonia.

- Fui baleado mais de uma vez, Cole, e estou perto da morte, mas juro por Deus que é bom ver você!

Com isso, toda a força que o havia carregado até ali o deixou e, quase inconsciente, ele caiu de lado. Cole o pegou e gentilmente o colocou no chão. Tirando um breve momento para prender o cavalo em um galho de árvore próximo antes de retornar ao coronel, Cole se ajoelhou ao lado dele, apoiando a cabeça do homem. Ele falou com o máximo de conforto que pôde:

- Vou cuidar do senhor, coronel. Tenho água no meu acampamento e vou preparar um café forte. Aprendi como fazer e aplicar uma cataplasma. Cuidarei da sua ferida e não sairei do seu lado.

O coronel mal conseguia piscar.

- Deus o abençoe, Cole, mas temo que a minha força não possa me sustentar até o final dessa manhã.

- Bobagem, coronel! Tudo o que eu preciso que o senhor faça é esperar. Está me ouvindo? - O menor dos acenos veio, o que bastou para uma resposta, dando a Cole algum encorajamento. - Aguente firme.

A viagem de volta ao acampamento militar foi lenta. Cada pedaço de chão irregular, cada pedra escondida ou raiz de árvore que forçava o cavalo a recuar, escorregar ou tropeçar, fazia o coronel gemer. Com os nervos à flor da pele, tudo o que Cole podia fazer era olhar para frente e rezar para que os quilômetros desaparecessem.

Eventualmente, a entrada do acampamento apareceu. Os sentinelas, avistando Cole e sua sobrecarga, correram para ajudar seu comandante a se abrigar.

Assim que Cole viu os cavalos, o major Knowles o alcançou, com uma expressão séria e preocupada. Ao olhar para a expressão séria de Cole, o major caiu em um poço mais profundo de desespero.

— Ele vai morrer, não vai?

Cole não consegui olhar nos olhos do major. Em vez disso, olhou para o chão enquanto chutava uma pedra imaginária.

— Acho que sim, major.

— Inferno, aqueles desgraçados! — Ele deu um soco na palma da mão com o outro punho. — Presumo que foram eles, Cairns e Danebridge, que fizeram isso?

— Não consigo pensar em mais ninguém.

— E quanto aos dois? Você se deparou com eles?

Cole balançou a cabeça.

— Havia sinais, mas então o coronel apareceu. Então, estou achando... — Ele soltou um suspiro alto. — Estou achando que eles o encurralaram quando ele estava voltando de Nelson. Assim que o meu cavalo estiver descansado, vou voltar para procurá-los. Eles cavalgam com uma arrogância desdenhosa de quem acredita ser invencível. Eu vou capturá-los e trazê-los para cá.

— Vou lhe dar dois homens, Cole, mesmo que isso me cause problemas. As notícias chegaram enquanto você estava fora. O cenário é desolador. O novo comandante dos rebeldes lhes deu um senso de esperança renovado. Nossas tropas estão sendo pressionadas com força e muitas unidades estão em retirada. O tempo não está do nosso lado, Cole.

Ele se afastou e Cole continuou olhando para o chão, sabendo que o acerto de contas estava próximo.

CAPÍTULO DEZESSETE

Cole atrasou sua partida por mais um dia. Na noite anterior, o coronel Astley desistira da sua luta e Cole, junto com todo o regimento, ficou em silêncio para prestar homenagem enquanto o comandante era enterrado com todas as honras cerimoniais.

Mais tarde, com o clima sombrio predominante no quartel, Cole encontrou os dois soldados ordenados a acompanhá-lo em sua busca para levar Cairns à justiça. Eram soldados jovens e inexperientes, talvez um ou dois anos mais velhos do que os seus supostos dezoito anos. Pela aparência dos seus rostos lisos, Cole se perguntou se eles também haviam mentido para estarem naquele uniforme.

A conversa deles foi breve e, com os cavalos bem preparados com ração, água, munição, o onipresente rolo de cobertor e comida extra armazenada nos alforjes de Cole para os seus amigos índios, os três homens partiram no final da tarde. Ninguém se despediu deles e nem lhes desejou sorte... nem mesmo o major Knowles, que permaneceu em seu alojamento desde o enterro do coronel. O boato que circulava era de que ele bebia muito, então sem dúvida ele estava encontrando consolo no fundo de um copo de uísque.

Como anteriormente, Cole retomou a trilha e, depois de chegar ao local onde havia encontrado o coronel Astley, eles acamparam. Eles tiveram um jantar farto, o que deixou Cole aliviado por não estar consumindo a porção habitual de biscoitos secos e doces. Um dos homens, que havia se apresentado como Campbell, fritou fatias de bacon curado que todos comeram com prazer. Anderton, o segundo soldado, assumiu a primeira vigília e a noite passou sem incidentes.

Partindo cedo na manhã seguinte, eles cruzaram campos ondulados, evitando as propriedades rurais e ocasionais fazendas. Logo, Cole reconheceu a área como sendo aquela onde o grupo de Shawnee vivia. Ele parou seu cavalo na subida e olhou para a depressão onde Shawnee o saudou, alimentou e lhe mostrou uma bondade que ele acreditava que nunca mais iria experimentar.

– O que é isso? – perguntou Anderton ao seu lado.

Cole estreitou os olhos enquanto olhava para a vista.

– O que quer que tenha sido – disse Campbell, acariciando o pescoço do seu cavalo. – Já não existe mais.

Um pontada de dor atingiu a garganta de Cole. Apertando os olhos para evitar que uma lágrima escorresse por sua bochecha, Cole sacudiu as rédeas e avançou cautelosamente.

O cheiro de madeira queimada pairava pesado no ar enquanto Cole conduzia seu cavalo pelos restos do acampamento destruído de Shawnee. Ele desceu do animal e, sacando seu revólver, foi em direção a uma das cabanas, a única cujo teto ainda estava intacto. O resto eram esqueletos eviscerados e as paredes exteriores estavam manchadas com listras negras de óleo.

O cheiro da morte estava em toda parte.

Parando por um momento do lado de fora da entrada da cabana intacta, Cole respirou fundo e mergulhou para dentro.

As crianças estavam lá. Três delas, seus corpos minúsculos espalhados pelo chão, seus rostos congelados na expressão medonha dos mortos. Ao lado deles, suas mães, ensanguentadas, com roupas desgrenhadas. Um único guerreiro estava sentado no canto mais distante, com os olhos arregalados, o enorme buraco em sua garganta, testemunhando o que havia acontecido.

- Ei, Cole - gritou um dos outros. - Há corpos aqui fora.

Engolindo os soluços que ameaçavam escapar da sua boca, Cole saiu e foi até onde os outros estavam, hipnotizados, olhando para um grupo de guerreiros baleados com seus corpos salpicados de sangue.

- Você conhece essas pessoas?

Cole olhou para cima e se obrigou a encontrar o olhar questionador de Campbell.

- Quando eles estavam vivos, sim.

Tomando nota do tom perigoso na voz de Cole, os dois não prosseguiram com os seus questionamentos.

Levou algum tempo e Cole, que não muito tempo nessa terra e em seus caminhos, não sabia como proceder, mas decidiu enterrar as crianças em covas rasas ao lado das suas mães. Ele não sabia quem era quem, é claro, mas tinha certeza de que o que quer que acontecesse após a morte, eles de alguma forma procurariam uns aos outros. Os guerreiros foram enterrados à uma pequena distância.

Seus dois companheiros o ajudaram, e o fizeram em silêncio. Quando terminaram, todos se sentaram em uma pequena clareira coberta de árvores, beberam água dos seus cantis e encararam o horizonte.

- Ao meu ver - disse Campbell finalmente -, pessoas são pessoas, não importa qual seja a sua cor. - Ele olhou para Cole. - No final, todos nós voltamos para a terra.

- O que fizemos aqui, enterrá-los - acrescentou Anderton -, foi a coisa certa.

A quietude entre eles continuou enquanto partiam mais uma vez. Cole logo pegou a trilha, descendo da sua sela para investigar os sinais no chão. Estava se mostrando mais difícil do que antes devido ao tempo que havia passado desde que os dois homens partiram depois da sua fuga. Ficou claro para Cole, no entanto, que o desvio deles para saquear a pequena propriedade de

Shawnee os atrasou o suficiente para que os sinais permanecessem. Ele se levantou com o rosto virado para o oeste e suspirou profundamente.

- Eles chegarão ao acampamento rebelde antes que os alcancemos.

- Então nós os perdemos - disse Anderton. - Não podemos entrar no acampamento, Cole. - Ele puxou os botões da sua camisa do exército. - Eles nos verão a menos de duzentos metros e irão nos matar.

- Sim, mas eu não estou usando azul - disse Cole sem se virar para os outros.

- O que você está propondo, Cole? - perguntou Campbell, a voz soando tensa.

Cole se virou e respondeu:

- Não estou pedindo nada a nenhum de vocês. Vocês receberam ordens para me acompanhar, mas mesmo se tirassem os seus uniformes, os rebeldes descobrirão a sua identidade em um minuto e tudo o que fizemos até agora não servirá para nada. Então vamos continuar por mais algum tempo, acampar e depois eu continuarei até onde os rebeldes estão acampados. Então vocês aguardam o meu retorno.

- E se você não voltar?

Cole sorriu com tristeza para Anderton.

- Então vocês voltam e digam ao major que eu estou morto.

Os dois jovens soldados trocaram olhares preocupados.

- Pelo que eu sei - disse Cole, sem reagir ao desconforto óbvio deles. - É mais do que provável que os rebeldes tenham seguido em frente. Pelo que o major me disse, as forças rebeldes estão em movimento. Eles têm um novo general e estão com energia renovada.

- Então nada disso vale a pena, não é mesmo? - Anderton chutou o chão. - Eu me ofereci para lutar, manter a União unida. Eu acreditava que a nossa causa era justa, mas com tudo o que experimentei até agora, não tenho mais tanta certeza.

Cole deu de ombros.

- É mais do que isso para mim. Eu não dou a mínima para os planos de Jed Stuart, ou para quem está lutando contra quem. Essa coisa toda é uma bagunça nojenta, se quiserem minha opinião. Mas o que Danebridge fez no nosso acampamento, e o que ele e Cairns fizeram com aqueles Shawnees... Não, isso foi além das ordens do exército, rapazes. Eu vou matá-los, vou matar os dois.

Algum tempo depois, eles pararam e se deitaram em uma ligeira elevação. Espiando através do seu binóculo, Cole viu longas filas de tropas confederadas marchando pela terra. Mesmo com as lentes, as figuras não eram muito mais do que pequenas partículas de poeira, mas ele sabia o que isso significava. Rolando, ele disse aos outros:

- Eles estão em movimento. Não consigo ver muita cavalaria, então acho que Stuart já está fazendo o movimento de flanqueamento que previmos.

- Então o que vamos fazer em relação ao Cairns?

Cole devolveu o binóculo ao estojo.

- Vou precisar dar a volta na coluna e fazer o meu melhor para me infiltrar.

- Isso é suicídio, Cole, e você sabe disso - disse Anderton.

- Eu não tenho muita escolha. Quero que vocês dois acampem aqui. Voltarei assim que puder.

- Você não pode fazer isso - disse Campbell, com algo parecido com pânico surgindo em sua voz. - Pelo amor de Deus, Cole, você vai se arriscar demais e isso é...

- Fico tocado pela preocupação de vocês, amigos, de verdade, mas isso é algo que eu tenho que fazer, e fazer sozinho. Pelo menos *tentar* fazer. - Ele foi até o seu cavalo, prendeu o binóculo na sela e montou. – Me deem dois dias. Se eu não voltar até lá, voltem para o acampamento e digam ao major o que está acontecendo. Essa é a única opção que nos resta. Os rebeldes ainda estão a quilômetros de distância e estão se movendo bem devagar, então esses dois dias devem deixar todos seguros e com tempo suficiente para se prepararem.

Não houve resposta de nenhum dos dois homens, ambos olhando para o jovem batedor com um olhar de desespero enraizado em seus rostos. Ele abriu um sorriso irônico para eles e chutou seu cavalo para uma caminhada constante.

Ele não olhou para trás.

CAPÍTULO DEZOITO

Apesar de saber que as forças confederadas estavam longe, Cole cavalgou com firmeza e com muito cuidado, examinando o terreno ao seu redor, procurando qualquer sinal dos dois homens que caçava. Foi assim que ele se deparou com os inconfundíveis sinais de violência. Manchas de sangue entrelaçavam o chão quebrado, grama e galhos esmagados. Em uma cova rasa, ele se deparou com o corpo de um soldado uniformizado. Em uma inspeção mais próxima, Cole notou a insígnia, desceu do seu cavalo e inspecionou o corpo. Ele obviamente estava morto há algum tempo, pois sua pele estava enegrecida e as moscas já estavam fazendo um banquete na área onde os tiros o atingiram. Vasculhando a túnica do morto, ele encontrou documentos cuidadosamente dobrados e os leu, com o coração apertado a cada palavra.

Era o major Steiner, o médico que o coronel Astley havia ido buscar em Camp Nelson. Cole ficou surpreso - então foi ali que aconteceu o tiroteio. Onde Astley foi mortalmente ferido.

Ele empurrou o documento para dentro do bolso e se levantou. Ele examinou os arredores. Havia algo de inquietante sobre o lugar. As árvores e a vegetação rasteira formavam o limite perfeito até onde o corpo jazia entre a grama alta, mas pouco podia ser feito para penetrar na atmosfera onipresente da morte. Havia algo...

Sacando seu revólver, ele se moveu pela grama. Algumas partes chegavam até os seus joelhos. Ele reparou que esse seria um bom lugar para ficar à espreita, se preparando para emboscar um transeunte despreocupado. Ele parou e prestou atenção aos sons ao redor. Não havia nada, curiosamente, nem mesmo o som tranquilizador do canto dos pássaros. Eles também, pelo que parecia, preferiam ficar longe desse lugar.

Ele o encontrou menos de dois minutos depois.

Danebridge, seu corpo quebrado e caído em uma posição horrível com uma mão levantada em forma de garra, congelada em um gesto final, talvez implorando por sua vida. Cole, de pé, contemplando a visão sombria, não sentiu nada além de arrependimento - arrependimento por não ter sido ele quem acabou com a vida de Danebridge. Astley fizera isso por ele, mas pelo menos enviou um dos traidores para um acerto de contas final com o seu criador!

Tudo o que Cole precisava fazer agora era encontrar Cairns.

Ele ouviu os cavalos se aproximando antes de avistá-los. Eles estavam se movendo em um ritmo descomunal, atacando um indivíduo a uma curta distância à frente. Com pouco tempo para reagir, Cole virou seu cavalo e o impeliu em direção a um aglomerado de rochas e arbustos. Atrás, os estalos dos tiros de pistola soaram muito perto para o seu conforto, e Cole já estava caindo no chão antes do seu cavalo parar completamente. Agindo rápido, ele puxou o rifle Luttich da sua bainha presa à sela, caiu de joelhos e mirou o cano.

Ele ofegou quando viu quem era o homem perseguido.

Lester.

Rolando de ombros, Cole se estabeleceu em seu objetivo. O grupo de cavaleiros em perseguição, alguns vestidos de cinza, eram claramente soldados confederados. Sem pensar duas vezes,

Cole derrubou um deles da sela. Os outros reagiram instantaneamente, parando seus cavalos, chocados e surpresos com a explosão. Girando em um frenesi de cavalos gritando e chão pisoteado, eles desmontaram, disparando tiros descontroladamente sem nenhuma direção específica.

Cole atirou em um segundo homem e parou, baixando sua arma, observando Lester se aproximar. Ele parou seu cavalo, com os olhos aterrorizados olhando para Cole.

- Onde diabos você...

- Proteja-se - disse Cole, puxando seu Dragoon. Ele se levantou e atirou rodada após rodada na direção dos soldados inimigos que desmontavam às pressas. Ele recuou e foi para trás de uma grande pedra enquanto Lester conduzia seu cavalo em direção à cobertura das árvores. Respirando com dificuldade, o capitão se ajoelhou ao lado de Cole.

- Eu nunca pensei que estaria vivo e o veria novamente, Cole.

Cuidadosamente, recarregando o Luttich antes de se voltar para o Dragoon, Cole se concentrou em seu trabalho no momento. Enquanto empurrava pólvora, bola e espoleta de percussão, Cole finalmente fixou os olhos no capitão. O sangue escorria da bainha da jaqueta de Lester e havia sangue seco na boca e no nariz do homem. Os seus olhos estavam enegrecidos e sua testa estava vermelha e brilhante.

- Parece que o senhor levou uma surra, capitão.

Lester riu sem humor.

- Digamos que sim.

- Quem fez isso? Cairns?

- Como você sabe disso?

- Pode chamar de um palpite.

Uma bala atingiu o topo da pedra, forçando os dois homens a se abaixarem, apesar da bala ricochetear fora de perigo.

Sacando sua pistola, Lester verificou a munição, colocou o cano sobre a borda da pedra e disparou três tiros rápidos. Vários projéteis em resposta bateram na pedra, lançando lascas irregulares.

- Eles nos prenderam aqui, Cole. Teremos que correr até os cavalos e sair daqui.

- Eles vão nos flanquear - disse Cole, de costas para a pedra. - E irão nos acertar. Nunca chegaremos aos cavalos.

- Então o que fazemos?

- Eles estão em quantos?

- Oito ou nove. Você acertou dois, então... Escute, por que eu não os atraio para o meio das árvores? Vou contornar os lados e *eu* vou flanqueá-los.

- O mesmo problema. Mesmo se eu o cobrir, eles já estarão em posição de acertá-lo. - Ele se esticou para a esquerda para tentar obter uma visão dos soldados inimigos. Ele avistou vários, agachados e se movendo de cobertura em cobertura; então ele mirou com o Luttich e acertou um no ombro pouco antes dele mergulhar fora de vista.

- É uma bela arma essa que você tem aí - disse Lester.

-É russa e tem um alcance muito maior do que qualquer outra disponível no acampamento.

- Mas para que você precisa dela?

- Não faça perguntas. - Cole arriscou outra olhada. Os soldados inimigos estavam se aproximando cada vez mais.

- Cole - disse Lester com uma voz tensa e nervosa. - Eu só tenho mais três tiros. Não tenho mais pólvora, então não temos muita escolha. Eu vou levá-los para o outro lado. Confie em mim.

- Não, isso não vai funcionar. Eu preciso sair da cobertura, capitão. Eu vou lhe dar o Luttich. Me dê cobertura e eu...

- Que droga, Cole, eu disse que faria isso!

Balançando a cabeça, Cole torceu a boca.

- O senhor está ferido, capitão, além de estar sofrendo por causa da surra. O senhor está fingindo corajosamente que nada disso importa muito, mas posso ver que está sentindo muita dor. Você nunca conseguiria fazer isso.

Como resposta, Lester passou a mão pelo rosto pálido.

- O Cairns me descobriu quase assim que entrou no acampamento rebelde. Até então, eu os havia enganado. Estava infiltrado ouvindo tudo. Mas, eu estava errado em pensar que poderia enganar o Cairns. Ele me viu e me seguiu sem que eu soubesse. Eles me agarraram enquanto eu relaxava no refeitório, e me levaram ao comandante depois de me espancarem na tentativa de conseguir alguma informação. Eles me jogaram em um dos estábulos, pensando que eu era incapaz de fazer qualquer coisa, mas eu consegui escapar... - Ele balançou a cabeça. - Cairns atirou no meu braço enquanto eu fugia do acampamento. Então todas as fúrias do inferno estavam no meu encalço. Eu não fazia ideia de que você estava aqui, e agora eu o envolvi nisso. Me desculpe, Cole. Eu sinto muito, de verdade.

- Cairns está com eles?

A feição de Lester adquiriu um tom sombrio.

- Sim, de fato, o desgraçado assassino... Merda, Cole, eu descobri os planos de Jeb Stuart. E agora, tudo o que eu consegui descobrir será perdido por causa da minha própria estupidez.

- Capitão, ainda não terminamos.

- Talvez não, mas se eu não passar os planos para o coronel, tudo isso será em vão.

- O coronel está morto, capitão. Tenho quase certeza de que isso também está relacionado a Cairns.

Lester pareceu desmoronar em si mesmo e caiu contra a rocha.

- Então é isso. Estamos acabados.

- Tenho dois soldados esperando por mim em nosso acampamento improvisado. Se o pior acontecer e nós não conseguirmos, eles avisarão nossos homens. Nem tudo terá sido em vão.

- E esses homens marcharão direto para a emboscada de Stuart.

Cole suspirou. Havia chegado a hora da ação, e não de palavras.

- Capitão, espere aqui e me dê cobertura com o Luttich. - Ele sacou seu revólver Paterson e pegou também o Dragoon. - Vejo você em breve.

Ele se preparou, deu uma olhada rápida sobre a pedra, xingou e grunhiu.

- Eles estão chegando. É agora ou nunca.

- Droga... - Lester pegou o Luttich e ergueu a vista traseira. Ele estremeceu. - Minha mão... Cole, que Deus nos ajude.

- Sim. - Ele piscou, pulou de pé e correu.

CAPÍTULO DEZENOVE

Ele os viu, talvez três ou quatro soldados inimigos, avançando em sua direção, mas não podia se dar ao luxo de ficar de pé e atirar. Dobrado, ele foi para a esquerda e para a direita, se fazendo o menor alvo possível. Ele não se atreveu a parar. Atrás dele, Lester trabalhou com o Luttich o melhor que pôde, mas não tão rápido quanto Cole desejava. Estava claro que o capitão, devido à mão ferida, estava lutando, mas não havia outra escolha. Se eles permanecessem atrás da pedra, aqueles que os flanqueavam teriam facilidade em matá-los. Então Cole correu e, ao fazer isso, percebeu que Luttich não estava mais lhe dando cobertura.

Quando as balas começaram a voar ao seu redor, ele se jogou no chão para se proteger, pensando que Lester deveria ter ficado sem munição ou que havia sido baleado. De qualquer forma, Cole sabia que o fim estava próximo. Rastejando pela vegetação rasteira, seu único pensamento era dar a si mesmo uma chance, por menor que fosse, de confrontar Cairns e, de alguma forma, encerrar todo esse triste episódio.

Uma bala atingiu o chão a centímetros da sua cabeça. Ele rolou e outra bala passou raspando pelo seu cabelo... foi perto demais.

- Desista, Cole - veio a voz que ele conhecia tão bem.

Desesperado, ele tentar levantar o seu revólver Paterson, mas Cairns já estava ao seu lado, bloqueando o céu com o corpo. Ele estava rindo enquanto chutava a mão de Cole, fazendo sua arma voar para longe.

Pressionando sua própria pistola com força contra a testa de Cole, Cairns sibilou:

- Hora de acabar com a sua triste existência, garoto. Abaixe a outra arma.

Não fazia sentido resistir, então Cole deixou seu Dragoon cair no chão. Uma mão forte o colocou de pé, um joelho explodiu em sua virilha antes que ele tivesse a chance de se defender. Ele desmoronou, a dor lancinante acompanhou a onda avassaladora de náuseas, que dominaram os seus sentidos e a sua força. Ele rolou, gemendo com as mãos entrelaçadas entre as pernas, e lágrimas quentes cegando-o momentaneamente.

- Eu estava ansioso por isso - disse a voz de Cairns à distância, mas distinta o suficiente para que Cole reconhecesse a vitória e a alegria do homem.

Colocado de pé novamente, Cole ficou pendurado nas mãos do homem. Ele encarou os olhos malévolos e se xingou por não encontrar forças para resistir.

- Agora você vai descobrir o que é sofrer, Cole. Você é um garoto insignificante, e nunca será forte o suficiente para fazer nada sobre isso.

Ele viu o punho sendo levantado, o rosto sorridente e zombeteiro, e o olhar alegre de triunfo. Ele fechou os olhos e o soco atingiu sua bochecha, a sua força o jogando para trás, suas pernas não mais capazes de sustentá-lo, sua mente uma confusão de vergonha e frustração. Ele atingiu a terra com força, o ar expelido ruidosamente dos seus pulmões.

Estava tudo acabado. Ele sabia disso. Apesar da dor e da névoa vermelha que o cegava, ele estava consciente o suficiente para saber que não havia nada que pudesse fazer. Cairns havia vencido e a terrível percepção dessa verdade inegável lhe trouxe mais dor do que qualquer golpe. Com soluços angustiantes o engolindo, de repente ele era novamente um adolescente assustado e vulnerável, com toda a sua força e determinação apagadas.

- Qual é a sensação? - Veio a voz de tom zombeteiro e confiança fácil.

Apesar de tudo, ele respirou fundo várias vezes e se forçou a ficar de quatro. Quase instantaneamente, uma bota atingiu a lateral do seu corpo, jogando-o novamente no chão.

- Levante-se, garoto, eu ainda não terminei com você.

Ele avistou o revólver Paterson, a poucos centímetros de distância. Se ao menos ele pudesse alcançá-lo, tão tentadoramente perto. Ele esticou os dedos, apenas para que Cairns intervisse e chutasse a arma mais para longe na grama.

- Agora você está me irritando, garoto - cuspiu Cairns. Ele chutou o Dragoon para longe, mandando-o também para fora de alcance. Ele segurou Cole novamente e o levantou.

- Não temos tempo para nada disso, Cairns - disse alguém um pouco distante.

- Podem voltar - disse Cairns, segurando Cole mais perto. - Eu vou me divertir.

- O outro está morto - disse uma segunda voz. - Mate esse e vamos embora.

- Não, ainda não.

Cole piscou em meio às lágrimas. Pendurado nas garras de Cairns, ele fez o seu melhor para se concentrar, mas não conseguiu ver nada além de um sorriso maníaco. Se ao menos ele pudesse ter alguns momentos, uma pausa para que pudesse se recuperar, então faria com que *Cairns* sofresse. Ele lutaria, do jeito que lhe ensinaram, e provaria a todos que não era mais um menino.

Mas como poderia, quando Cairns tinha todas as vantagens.

- Então faça isso rápido, Cairns - disse a primeira voz. - Precisam de nós no acampamento.

- Ah, inferno - disse Cairns, e recuou o punho em preparação para outro soco.

Cole não tinha certeza do que aconteceu em seguida, mas o que quer que tenha sido, deu a ele a trégua desejada.

Alguém gritou. Outro berrou. Armas ressoaram, homens morriam e Cairns, soltando Cole, se afastou.

Caindo no chão, Cole se sentou, olhando em silêncio para as pernas. Um momento, isso era tudo o que ele precisava. Um momento para puxar o oxigênio profundamente até os pulmões, para recuperar sua força e dar a Cairns uma verdadeira briga.

- Protejam-se - gritou um deles.

Olhando para cima confuso, mas compreendendo lentamente os detalhes do que estava acontecendo, Cole viu uma flecha perfurar a garganta de um homem e o viu cair, engasgando e com o sangue jorrando. Outro, abanando seu revólver, morreu do mesmo jeito com duas flechas atingindo o peito. E então, como fantasmas, eles apareceram, movendo-se ao redor do grupo com machados e facas reluzentes.

Eles estavam sob ataque.

Não demorou muito e foi sangrento e cruel, os índios dominando os soldados confederados aterrorizados e confusos, despachando-os com entusiasmo. Quando acabou, guerreiros seminus, respingados de sangue, ficaram como se estivessem hipnotizados, com os olhos enormes olhando para longe, consumidos por sua matança frenética.

O líder deles deu um passo à frente. Cairns, que até então permanecia ileso, caiu de joelhos e começou a gemer como um animal ferido. Com as mãos juntas diante de si, ele implorou pela sua vida.

Cole, finalmente conseguindo ficar de pé, pressionou cuidadosamente a mão trêmula sobre o rosto machucado, forçou um sorriso e disse:

- Você não vai acreditar em como estou feliz por vê-lo.

Cairns, emergindo do seu terror, virou a cabeça em direção ao jovem batedor.

- Você conhece esses selvagens?

Cole o ignorou e abraçou o líder Shawnee.

Ao se afastar, o guerreiro chefe ficou sério.

- Eles foram ao nosso acampamento. - Ele começou, incapaz de afastar o tremor da sua voz. - Eles chegaram quando estávamos caçando e massacraram nossas mulheres e filhos.

- Eu sei. - Cole abaixou a cabeça, incapaz de olhar nos olhos do chefe. - Eu os enterrei. Espero ter dado a eles a honra que merecem.

- Você é um bom homem - disse Shawnee, com os olhos cheios de lágrimas. Ele voltou seu olhar para Cairns. - A morte dele será lenta e dolorosa.

- Ah, Deus, *não*! - gritou Cairns, se levantando. - Cole, pelo amor de Deus, se você os conhece, diga a eles que eu serei levado de volta ao seu acampamento para ser julgado.

- Parece que você já foi julgado, Cairns. E considerado culpado.

- Seu vira-lata infeliz - cuspiu Cairns. - Você é um covarde e um fraco. Eu mataria você agora se pudesse; com as minhas próprias mãos. Olhe para você, espancado e chorando como uma garotinha. Você é patético.

Respirando profundamente, Cole estudou suas mãos, virando-as lentamente. O tremor havia diminuído.

- Acho que você quebrou uma costela minha, Cairns. No mínimo, a machucou muito. E a minha mandíbula... - Ele esfregou o queixo e de repente deu uma gargalhada. - Mas graças a Deus, não serei humilhado por um assassino de mulheres e crianças. - Ele olhou para Shawnee. - Isso não vai demorar muito.

Os outros guerreiros, murmurando entre si, formaram um pequeno círculo enquanto Cole tirava sua camisa. Ele estudou a mancha vívida e roxa se desenvolvendo na lateral direita do seu corpo.

- Muito bem, Cairns, vamos ao que interessa.

- O quê? Para depois de eu ter espancado você, os seus amigos aqui me enforquem? - Ele zombou agressivamente e cuspiu. - Não, obrigado.

- Eles não vão fazer isso. - Cole buscou a confirmação do chefe Shawnee, que assentiu com a cabeça uma vez. - Se me vencer, poderá retornar ao seu acampamento.

- Eu não acredito em você. Bater em você será a coisa mais fácil que eu já fiz.

- Então vamos ver. - Cole deu alguns passos para a esquerda, levantando as mãos com as palmas para fora. - Dessa vez, estarei pronto para você, seu cão traiçoeiro.

Rindo alto, Cairns se agachou. O tiro que havia levado na perna era quase imperceptível e não lhe causou nenhuma perda de movimentos enquanto ele juntava os punhos e se preparava.

Cole esperou. Antes do seu treinamento, ele poderia ter entrado em pânico, reagido cedo demais, desferido socos selvagens que serviriam mais para se cansar do que causar danos a qualquer oponente. Mas agora, enquanto Cairns se aproximava, Cole se esquivou e se moveu. O punho esquerdo atingiu Cairns na nuca e o seu joelho subiu, jogando a cabeça do homem para trás. Uma direita nas entranhas dobrou Cairns, e uma esquerda curta e afiada atingiu sua mandíbula. Quando ele começou a cair, a direita de Cole subiu novamente. Ele se moveu, dançou, distribuiu socos e ganchos - às vezes no corpo, às vezes no rosto. Cairns, respingado de sangue e respirando com dificuldade, soltava gritos altos de frustração. Ele não caiu. Qualquer um dos golpes de Cole teria derrubado um oponente menor. Mas não Cairns. Ele se recompôs e atacou novamente. Ele desferiu socos que atingiram apenas o ar e, como Cole continuou desferindo socos, o acúmulo de tantos golpes cobrou o seu preço.

Mas Cole também estava sendo afetado. Cada soco desferido tirava muito dele. A surra que ele havia levado anteriormente, e o grande esforço físico e determinação de se esquivar e desviar, drenaram suas forças. Ele estava cansado, e Cairns, sentindo a mudança, se preparou.

De repente, a maré mudou. Cairns atacou de cabeça baixa e atingiu a barriga de Cole com o poder de um touro enfurecido. Uma rajada de ar saiu da boca do jovem batedor e ele cedeu. Uma esquerda longa e lenta atingiu sua mandíbula e o jogou no chão.

Ele ficou deitado, engolindo ar, desesperado para se recompor.

Cairns estava enfraquecido além de qualquer coisa que já havia experimentado. Ele não conseguia fazer mais nada a não ser ficar parado assistindo. O sangue escorria das feridas no seu rosto. Ele colocou gentilmente um dedo indicador na boca, explorando os dentes.

- Você quebrou alguns, Cole - disse ele, através dos lábios tão inchados que suas palavras soaram distorcidas. - E agora eu vou quebrar você ao meio.

Ele deu um passo e gritou. A velha ferida, onde Cole havia atirado há tanto tempo, voltou a doer e ele cambaleou, curvando-se para segurar onde a bala havia penetrado. Ele caiu com a respiração ofegante e com o rosto inchado e ensanguentado contorcido de agonia.

Cole aproveitou a chance.

Apesar do seu próprio estado enfraquecido, ele se levantou, abrindo e fechando os punhos vermelhos de tanto desferir golpes contra a mandíbula dura de Cairns, e deu um chute poderoso que o atingiu embaixo do queixo, arremessando-o para trás.

Atacando, Cole deu vários outros socos até que o rosto de Cairns se assemelhasse a algo parecido com uma abóbora aberta e madura.

Prestes a desferir um golpe final devastador, o chefe Shawnee agarrou seu braço e o segurou.

- Já chega, meu amigo - disse ele. - Você já provou o seu valor nessa luta.

Cole, entendo o sentido disso, relaxou e se afastou. Ele observou enquanto os índios colocavam Cairns no lombo de um cavalo e se preparavam para seguir em frente.

- Não temos para onde ir senão para a reserva - disse o chefe com o rosto marcado pelo desespero. - Duvido que nos encontremos novamente.

- Eu sempre me lembrarei da sua bondade.

- E eu também guardarei sua amizade para sempre no meu coração.

Eles se afastaram em silêncio, o único som o murmúrio patético de Cairns implorando para que o soltassem, para que Cole o ajudasse, sobre como ele estava arrependido e como agora sabia agora que o jovem batedor havia provado ser o melhor homem.

Cole ficou rígido, endurecendo, decidido a não interferir. O que quer que Shawnee tivesse reservado para Cairns, seria muito pior do que ficar pendurado em uma corda do exército.

Ele caminhou de volta até onde encontrou Lester. Havia vários cadáveres confederados nas proximidades, um testemunho da luta que o inglês havia travado antes de também ser morto. Ajoelhando-se ao lado dele, Cole encontrou um papel enrolado no punho do homem. Ao pegá-lo e lê-lo, ele descobriu que era o esboço apressado do plano que Lester havia descoberto no acampamento, detalhando, ainda que brevemente, a estratégia de Jeb Stuart.

Depois de descansar e beber do seu cantil, muito mais tarde, Cole encontrou os dois jovens soldados que haviam esperado obedientemente pelo seu retorno. Eles tinham muitas perguntas, mas assim que viram a expressão de Cole, decidiram permanecer em silêncio.

E foi em silêncio que eles voltaram para o acampamento da União, onde Cole foi até o major Knowles e, sem dizer uma palavra, colocou o plano de Lester na mesa do oficial. E foi em silêncio que Cole se retirou para o seu beliche, se esticou e dormiu o resto daquele dia e a maior parte do dia seguinte.

Ele acordou, revigorado, cheio de uma nova determinação. Os horrores dos últimos meses ele colocaria de lado, não para esquecê-los, e sim para aprender a conviver com eles. Ele colocou todas as suas energias em sua vida como batedor do exército, se fortalecendo, concentrando-se em seus deveres, obstinado em sua busca para ser o rastreador mais engenhoso e bem-sucedido que havia. A guerra iria ajudá-lo a se moldar e permitir que ele desenvolvesse todos os talentos de que pudesse precisar, agora e pelo resto da sua vida.

CAPÍTULO VINTE

Cole liderou uma patrulha pela região selvagem. As notícias de invasões em fazendas afastadas causaram grande preocupação. Sua caçada, no entanto, se mostrou infrutífera e foi com grande relutância que ele voltou para o forte. Foi em seu retorno que ele ouviu falar de Antietam e da terrível perda de vidas que a batalha causou. Ele passou vários dias sem fazer nada à medida que mais e mais relatos chegavam. Parecia que todos os seus esforços para levar Cairns à justiça e pegar os planos de Lester haviam sido em vão. O Exército do Potomac havia se recuperado, mas a vitória geral estava longe.

Então a manhã chegou em que todos os soldados estavam reunidos no campo de parada com estandartes de batalha desdobrados e oficiais em trajes completos. Cole estava um pouco distante, o ar frio cortava profundamente as suas roupas. O inverno estava se aproximando.

O major Knowles levantou a voz para ler a carta em suas mãos. Ela foi emitida por Lincoln, como muitos sempre acreditavam que ele faria. A sua Proclamação de Emancipação tocou todos aqueles que acreditavam que a guerra foi travada por mais do que apenas a continuação da União - era sobre decência e o direito inquestionável de todos os seres humanos de serem livres.

Mais tarde, enquanto estavam sentados bebendo no salão do acampamento, Cole foi chamado para ir à sala do major.

- Cole - disse Knowles, mastigando um charuto, de costas para o batedor enquanto Cole ainda esperava. - Vou mandar você para mais uma missão. - Ele se virou. Sua expressão estava rígida, a boca em uma linha fina. - Outra família foi atacada. Pais e filhos assassinados, e as filhas foram levadas para só Deus sabe onde. Parece que eles esperaram pelo seu retorno antes de atacarem.

- Isso significa que eles estavam nos mantendo sob observação, senhor.

- Ou que alguém contou a eles sobre os seus movimentos.

Piscando, Cole balançou ligeiramente em seus calcanhares.

- Um informante, senhor? Aqui no acampamento? Achei que tínhamos nos livrado de todos eles. Depois de Cairns...

- Realmente, mas parece que ainda temos rebeldes infiltrados entre nós. Eles estão alimentando o inimigo com informações, talvez na crença errônea de que a Confederação pode vencer essa guerra.

- Após o resultado inconclusivo em Antietam, talvez essa crença tenha mais seguidores do que antes.

Franzindo a testa, Knowles foi até sua mesa.

- Ontem, um corpo foi descoberto. Assassinado. O criminoso cortou a garganta do homem e escondeu o corpo sob uma montanha de palha em um dos celeiros de feno.

Foi preciso um momento para que essas revelações fossem absorvidas, e Cole, lutando para entendê-las, balançou a cabeça, pegou uma cadeira e se sentou. Quase que imediatamente, percebeu que havia feito isso sem pedir permissão e tentou se levantar, deixando escapar:

- Me desculpe, Major, eu....

- Fique à vontade, Cole - disse Knowles, enquanto se sentava na cadeira em frente ao batedor. - Isso foi um choque para todos nós.

- Mas quem fez isso, senhor? Uma briga de bêbados, talvez? Mesmo assim, é raro nossos garotos acertarem contas com uma faca.

- Não foi uma briga de bêbados, Cole. Foi o cabo Simmonds. Você o conhecia? Ele era da U.S. Marshalls no final dos anos 50, em uma daquelas cidades toscas do Kansas. Foi por causa das qualificações dele que eu o escolhi para investigar.

- Investigar? A identidade do espião, o senhor está querendo dizer?

Knowles grunhiu e assentiu com a cabeça.

- Parece que ele era muito bom no que fazia. Quem ele desmascarou o silenciou para sempre.

- Então vou assumir a responsabilidade de descobrir quem ele é. Vou pegar meu cavalo, investigar o que aconteceu no último ataque à propriedade e depois voltarei para ver se consigo descobrir quem está dando aos invasores as informações de que precisam.

Sem dizer uma palavra, Knowles se virou e abriu a porta de um grande armário de vidro. Ele escolheu uma garrafa e dois copos.

- Você bebe, Cole?

Reajustando-se na cadeira, Cole pigarreou, um pouco constrangido.

- Não, senhor. Eu não bebo.

- Você é um homem sábio - disse Knowles, e se serviu generosamente. - Esse é um conhaque francês. O melhor que existe. Acho que ele me traz paz de espírito. - Ele sorriu, levantou o copo e bebeu o conteúdo em um só gole. Com os olhos fechados, deleitando-se com os efeitos do álcool, ele respirou fundo. - Excelente.

- Partirei imediatamente - disse Cole, se levantando. Ele bateu continência, se virou e saiu. Foi só quando estava novamente do lado de fora que ele parou, respirou fundo e soltou um suspiro longo e trêmulo. Ele tinha certeza de que a bebida do major seria a causa da sua morte.

Ele estava quase certo.

CAPÍTULO VINTE E UM

Foi surpreendentemente fácil encontrar os rastros. Talvez fácil até demais. Os três homens escolhidos para o seu esquadrão mastigavam grama, respiravam alto e esperavam com uma nítida falta de paciência enquanto Cole, de joelhos, estudava o chão.

- Cole, eles estão perto - disse um dos homens, cruzando a perna para descansar atrás da sela enquanto enrolava um cigarro. - Tudo o que precisamos fazer é nos mover rapidamente, chegar até eles pelo flanco e explodi-los.

- É isso mesmo, Cole - comentou o outro. - Então pelo que estamos esperando?

- Pelo Natal - disse o terceiro, e todos riram.

Se levantando, Cole fixou seu olhar no horizonte distante.

- Tem alguma coisa errada.

- Ah, droga, Cole - disse o soldado que estava com o cigarro. Ele o acendeu e soltou uma baforada. - É tão fácil quanto parece.

- É essa a questão, Todd - disse Cole, indo até o seu cavalo. Ele tirou cuidadosamente o Luttich da bainha. - Os rastros estão limpos demais. Quase como se eles tivessem sido deliberadamente colocados aqui para...

- Para quê? - Todd riu para si mesmo e soltou outra baforada.

- Você esteve sozinho por muito tempo, Cole. Você tem medo até da sua maldita sombra!

Outro coro de risadas se seguiu. Ignorando-os, Cole apontou para uma linha de árvores.

- Vamos acampar e montar um anel defensivo ali. Então vigiamos até...

- Ainda temos algumas horas até o pôr-do-sol - disse o segundo batedor. - Acho que deveríamos nos dispersar em uma fila, procurar por sinais e nos mover bem devagar até encontrá-los.

- Ou simplesmente nos desviamos para a propriedade que aqueles bastardos incendiaram - interveio o terceiro. - De qualquer forma, é melhor do que ficar em qualquer lugar como um bando de cães vira-latas.

- Ele está certo - disse Todd. - As lutas só são vencidas se as levarmos ao inimigo, Cole. Você deveria saber isso.

- Mesmo que não possamos ver o nosso inimigo?

- Que droga, Cole - cuspiu o terceiro batedor. - Eu me ofereci para rastrear rebeldes e não para ficar sentado com a minha bunda gorda e peluda esperando pelo chamado deles! - Ele sacou sua pistola e verificou a munição. - Vamos até à propriedade, pegamos o rastro deles e derrotamos eles até o inferno!

Os outros gritaram e aplaudiram, e viraram seus cavalos para o leste.

- Você vem conosco, Cole?

- Não, eu não vou, Staines, e se quiser o meu conselho, vocês também não deveriam ir. - Ele chutou o chão. - Isso tudo está fácil demais...

- Vamos - disse Staines. - Nos vemos no caminho de volta.

- Nunca pensei que você fosse um covarde, Cole.

Cole lançou um olhar perigoso ao segundo batedor.

- Cuidado com o que diz, Davies. Vocês estarão se metendo em uma grande confusão. Se vocês tivessem algum bom senso, fariam o que estou lhes dizendo e não iriam às cegas em direção ao que é claramente uma armadilha.

Davies sorriu, bateu com o calcanhar em seu cavalo e galopou com Todd e Staines rapidamente atrás dele. Cole ficou parado observando-os até que eles não fossem nada além de uma mancha de poeira à distância. Então, soltando o ar, ele conduziu seu cavalo até as árvores e encontrou um lugar para se acomodar e esperar.

———

O alcance eficiente do rifle Luttich, assim como ele havia sido informado com segurança, era de uns bons seiscentos passos. Alguns relatos, mencionados por tropas britânicas durante a Guerra da Crimeia, falavam em mais de mil. Cole não podia confiar nesse último relato, então quando os cavaleiros apareceram pela primeira vez, ele esperou pacientemente, levantando a mira traseira e calibrando-a para quinhentos. Ele precisava fazer valer cada tiro.

Havia cinco deles. Deve ter sido como ele suspeitava. Os rebeldes estavam esperando na propriedade e emboscaram Todd e os outros usando um rastro falso como isca. Por que os outros não acataram o seu conselho? Por que argumentaram com tanta veemência contra tanto bom senso? Se tivessem sido obrigados a segui-lo, a obedecer ordens, o resultado teria sido muito melhor. Mas Cole não podia dar ordens a ninguém. Ele não tinha essa autoridade, não tinha esse posto. Ele era como eles, um soldado. O mais baixo dos baixos. Algo teria que mudar se ele fosse continuar nesse papel.

Ele olhou através da mira. Os cavaleiros ainda estavam um pouco fora de alcance. Ele se virou e pegou o binóculo alemão que tanto apreciava. Ajustando as lentes, os cavaleiros surgiram em um foco perfeito.

Ele respirou fundo, incapaz de acreditar no que via.

- Não pode ser - disse a si mesmo. Se levantando, ele juntou rapidamente seus poucos pertences, montou e cautelosamente conduziu seu cavalo para longe da pradaria, abrindo caminho entre as árvores. Assim que ficou livre da vista deles, ele chutou seu cavalo em um galope e correu de volta para o forte.

O que ele viu o chocou além da sua imaginação. Mas agora, armado com esse conhecimento assustador, ele precisava contar a Knowles o mais rápido possível. O infiltrado, o espião, o *traidor* agora exposto poderia finalmente ser levado à justiça.

CAPÍTULO VINTE E DOIS

Havia uma grande agitação no forte quando Cole voltou, homens correndo como se estivessem em uma busca frenética por algo. Muitos sargentos gritando e berrando ordens. Cole avistou um soldado saindo do escritório do telégrafo, segurando uma folha de papel com os olhos grudados nela como se nada ali fizesse sentido. Ele parou abruptamente na frente de Cole e balbuciou:

- O exército recuou. McClellan está sendo substituído. Santo Deus, isso está um caos. O que foi aquilo com o major e todo o resto? Isso é um desastre... - Ele continuou seu caminho, subindo as escadas dos aposentos do major. Cole o observou e, mais confuso do que nunca, ficou atordoado e sem palavras no campo de parada.

- Cole? - perguntou uma voz áspera e profunda que não podia ser ignorada. - Cole, é você?

Ao se virar, Cole ficou feliz em ver a forma grande e confiável do sargento Burnside caminhando a passos largos em sua direção.

- Que bom ver o senhor depois de tanto tempo - disse o jovem batedor.

- Você os encontrou, Cole? Você encontrou os invasores?

- Na realidade, encontrei sim. E vi uma coisa ruim além disso. Tenho que me reportar ao major Knowles e informá-lo de...

- Aconteceu uma coisa horrível.

- Horrível? - Cole olhou novamente para os aposentos do major. Homens entravam e saiam de lá e todos ao seu redor estavam confusos e agitados.

- O major Knowles foi encontrado morto essa manhã.

Cambaleando para trás, era como se ele tivesse sido atingido por um grande peso direto em seu peito. Cole ofegou, encontrando dificuldade para respirar e balbuciou:

- Eu... Como assim? Morto? Foi, *ele* foi... Droga... foi a bebida que o matou?

- A bebida? De onde você tirou isso? Não! Ele foi assassinado, Cole. Alguém cortou a garganta dele com uma faca. E não foi só uma vez, também. Talvez ele estivesse bêbado quando aconteceu, porque não parece haver nenhum sinal de luta. De qualquer forma, o tenente Pace agora é o comandante interino, pois ninguém, nem mesmo a esposa dele, consegue entender sobre o capitão Randall. Ele pode ter...

- Sargento - Cole agarrou Burnside pelas lapelas. - Era sobre isso que eu queria falar com o major. Fomos atraídos para uma armadilha. Eu acho que os invasores emboscaram e mataram o resto do grupo. Eles não quiseram me ouvir e foram direito para...

- Cole. - Burnside apontou com a cabeça para as mãos de Cole segurando sua jaqueta. Percebendo o que estava fazendo, Cole ofegou e deixou suas mãos caírem, murmurando suas desculpas. – Me diga novamente, filho. Os outros do seu esquadrão estão mortos?

- Acho que sim. Eu não os vi mais. Eles saíram atrás de uma trilha que encontramos, mas essa é a verdade, sargento. Aqueles rastros foram deliberadamente preparados para nos atrair para aquela emboscada. Eu tentei dizer isso a eles, tentei colocar algum sentido em suas cabeças, mas eles não quiseram me ouvir. Eles foram embora e essa foi a última vez que eu os vi.

- Mas você não pode ter certeza de que eles estão mortos, Cole. Como você pode...?

- Estou chegando lá, sargento. Eu fiquei para trás porque sabia... De qualquer forma, em seguida aqueles invasores foram para cima de mim como um bando de cães selvagens. Eu atirei em alguns deles com o meu Luttich, mas tive de sair de lá antes de ser pego. Eu me livrei deles e voltei para cá. - Os olhos de Cole ficaram úmidos e ele não conseguiu evitar de passar as costas da mão pelo rosto. - Um deles, sargento, o líder... era o capitão Randall.

- *Randall?* Você tem certeza?

- Tão certo como eu estar aqui.

- Mas... mas como? Acho que precisamos de... - Burnside se virou, levantou a voz e gritou para um grupo de soldados que estava do lado de fora dos aposentos do major Knowles. - Soldados! Vão buscar o tenente Pace e digam a ele para...

- Ele está lá dentro, sargento.

- Inferno... - Burnside respirou fundo. - Precisamos informar o tenente. Ele vai querer ouvir o que você tem a dizer.

Menos de quinze minutos depois, o tenente Pace, tendo afastado Cole e Burnside do clamor que cercava os aposentos do major, ouviu atentamente o relato do que aconteceu com Cole e sua perseguição por Randall e os invasores. Ele ficou em silêncio, com as mãos nos quadris, mastigando um pedaço de tabaco, olhando para o chão. Assim que Cole terminou sua história, Pace cuspiu um grosso suco marrom, reajustou as calças e lançou um olhar demorado ao jovem batedor.

- Isso tudo é muito interessante... Cole, não é?

O batedor assentiu com a cabeça, com o primeiro formigamento inquietante se desenvolvendo ao redor da sua nuca.

- Então onde eles estão?

Cole franziu a testa, desorientado com a pergunta.

- Onde estão quem, senhor?

- Os invasores que você disse que foram atrás de você. O que aconteceu com eles?

Cole lançou um olhar rápido e perplexo para Burnside antes de voltar ao olhar penetrante do tenente.

- Como eu lhe disse, senhor, eu os perdi na floresta antes de...

- Sim, antes de você voltar aqui para nos informar sobre essa curiosa reviravolta dos acontecimentos.

- Curiosa? Senhor, o capitão Randall estava em conluio com os invasores! Foi por isso que eles sabiam quais fazendas atacar, quais não eram defendidas ou visitadas pelos nossos homens.

- E o major?

- Senhor? Não estou entendo muito bem...

- Ele foi assassinado, Cole. Como você explica isso? Se o capitão fazia parte desse grupo de invasores, então quem matou o major Knowles? Outro infiltrado? Ou, a *Sra.* Randall, talvez?

- Senhor, eu nunca acreditaria que a Sra. Ran...

- Não, claro que não. O assassinato do major foi brutal e violento. Nenhuma mulher, certamente não com a mesma reputação da Sra. Randall, poderia ter empunhado uma faca com tal ferocidade incontida. - Pace balançou a cabeça. - Nós só temos a sua palavra para o que você nos contou, Cole. Felizmente, para você, todos os outros estão desaparecidos e presumivelmente mortos.

A boca de Cole se abriu.

- Senhor, não pode estar me acusando de...

- Não estou acusando você de nada, Cole. Ainda não. Sargento, ordene a alguns homens que escoltem Cole até à prisão do forte onde ele esperará até que as minhas investigações sejam concluídas.

Cole gaguejou:

- Mas, senhor, o que eu lhe disse é verdade e se houver outro infiltrado no acampamento, então precisamos encontrá-lo.

- Precisamos sim, Cole. Sargento, leve esse batedor para a prisão.

CAPÍTULO VINTE E TRÊS

Eles tiraram as armas, a faca e o cinto de Cole antes de levá-lo sem cerimônias para a prisão. Mais de uma centena de rostos acusadores se voltaram para ele e observaram enquanto ele, junto com a sua escolta, atravessavam o campo de parada. Cole não ousou olhar para nenhum deles. Eles estavam cheio de suspeitas e até mesmo de ódio. Seu coração doía e uma nuvem terrível e escura recaiu sobre ele. Nem mesmo o som sólido da porta da prisão se fechando atrás dele o fez pular. Ele não conseguia reunir forças para falar. Estava tudo fora de controle, um caleidoscópio louco de emoções misturadas, perplexidade e perguntas mal desenvolvidas giravam em seu cérebro. Ele não conseguia entender o que estava acontecendo ou o motivo de tudo aquilo. Ninguém acreditava nele, nem mesmo Burnside. Em desespero, ele caiu em seu beliche e, com o rosto nas mãos, lutando para acalmar seus nervos em frangalhos.

Cansado, ele dormiu. Mas assim que fechou os olhos, a porta da frente da prisão se abriu e ele se sentou com o coração disparado de medo.

Burnside era tão grande que parecia encher o lugar. Ele fez um gesto para que o guarda abrisse a cela.

- É o seu dia de sorte, Cole - disse o sargento, quando a porta de ferro se abriu. Cole ficou ali, confuso e preocupado, torcendo as mãos sem saber se deveria ou não dar um passo à frente.

- Não estou entendendo.

- Você vai ver. Venha comigo.

Não demorou muito para Cole estar em um dos barracões olhando para um indivíduo sujo, suado e coberto de sangue, cujas mãos tremiam incontrolavelmente. Ele olhou para cima e ofegou quando reconheceu o jovem batedor.

- Oh, Deus Pai Todo-Poderoso - disse ele com sua voz quebrando por causa da emoção. Ele lutou para ficar de pé.

- Staines? - Cole mal podia acreditar. Sem pensar, ele pegou seu antigo companheiro todo machucado nos braços e o segurou enquanto o homem desabou a chorar.

- Ele chegou esta manhã no lombo de uma mula velha e cansada - explicou Burnside. - Ninguém o reconheceu a princípio, mas aqui está ele... o soldado Joshua Staines. Ele parece ter ido ao inferno e voltado. E certamente está com febre.

Assentindo com a cabeça, Cole ajudou a abaixar o homem no beliche mais uma vez. Ele se ajoelhou e esperou Staines se recuperar.

- Ele está murmurando sobre ter sido emboscado, que os outros morreram e que ele se fingiu de morto antes de encontrar aquela mula velha e voltar para cá. O que ele diz confirma sua história, Cole.

- O senhor já contou isso ao tenente Pace?

Um olhar sério tomou conta do grande sargento.

- O tenente deixou o forte, Cole. Atravessei o campo para informá-lo da chegada de Staines e encontrei seus aposentos vazios. Falei com os sentinelas e eles me disseram que o tenente havia saído cedo, talvez uma hora depois de Staines ter chegado.

Balançando a cabeça, Cole se virou novamente para Staines.

- Josh, você pode me dizer o que aconteceu?

- Nós... Cole, deveríamos ter ouvido você. O que você disse sobre os rastros, você disse com tanto bom senso. Se Davies tivesse... - Ele puxou uma respiração trêmula.

- Não se preocupe com o que deveria ou não deveria ter acontecido. O que está feito está feito, Josh. Apenas nos conte o que aconteceu.

- Nós entramos pensando que iríamos pegá-los desprevenidos, mas foram eles que fizeram isso conosco! Encontramos a cabana, a casinha vazia. Não havia ninguém. E enquanto procurávamos, eles vieram para cima de nós como fantasmas... e digo a vocês, nós não ouvimos nada até que o Todd levou o primeiro tiro na cabeça. Nós tentamos, fizemos o que pudemos, esvaziamos nossas pistolas neles, mas eles continuavam se aproximando... e Cole, um deles era o capitão. - Ele olhou para Burnside. - O capitão Randall. Ele parecia ser o responsável. Foi ele quem atirou no Davies. Então me acertaram no braço. - Ele virou o braço direito para mostrar como o sangue havia enxarcado sua manga. - Não para de sangrar. Tentei enfaixá-lo, mas acho que não fiz direito.

- Vamos dar uma olha nisso - disse Cole, apertando a mão boa de Staines. - Você agiu certo, Josh. Você me tirou de uma situação difícil.

- Estou feliz por isso, Cole. Deveríamos ter seguido o que você nos disse, mas não seguimos e agora estamos todos mortos.

- Você não está, Josh. Nós vamos tratar suas feridas, então não se preocupe.

- Eu me fingi de morto, Cole. Era a única coisa que eu poderia fazer. Levei um tiro nesse braço. A força da bala me jogou no chão e eu pensei: "Por que não fico deitado aqui até tudo isso acabar?" E foi o que eu fiz e, quando eles saíram, eu vim para cá. Sei que foi covardia da minha parte, mas eu vi os outros morrerem e eu não queria fazer parte daquilo, Cole. Não queria mesmo.

Staines desmoronou novamente, dessa vez, ele soluçava tanto que nada que Cole fizesse o ajudaria a parar. Depois de vários minutos, relutante, Cole se levantou e assentiu com a cabeça para Burnside.

- Eu vou atrás do Pace. Vou trazê-lo de volta. Ele tem que enfrentar a justiça.

- Você acha que ele é o infiltrado?

- Tem que ser ele. E também acho que foi ele quem assassinou o major. Na confusão e com ele assumindo o comando, só podemos adivinhar qual poderia ter sido o seu próximo passo.

- Você não pode sair por aí sozinho, Cole. É suicídio.

- Sargento, eu já fui responsável pela morte de muitos homens bons. Dessa vez, a responsabilidade é minha.

- Não posso deixar você fazer isso sozinho, filho. Leve Arnoldson com você. Ele é correto, confiável e um ótimo soldado. Vou mandá-lo para o estábulo onde poderão encontrar dois cavalos descansados.

- Tudo bem, mas peça a ele para não demorar, pois sairei daqui a meia hora.

Algo não estava certo.

Parado do lado de fora da residência da Sra. Randall, esperando que ela respondesse à sua batida, Cole, tendo pressionado o ouvido perto da madeira para ouvir, deu um passo para trás e sacou sua arma. Ela tinha, de fato, fugido junto com Pace para se juntar ao marido? Será que ela fazia parte da rede de espiões inimigos que estavam fazendo de tudo para minar e enfraquecer a guarnição do forte e deixá-la aberta ao ataque? Ele se lembrou da reação dela à morte de Penny e sua família. Será que a Sra. Randall teria sido capaz de fingir tal manifestação de dor?

A lembrança de Penny o deteve por um momento. Seu lindo rosto emergiu dos recônditos da sua memória. Assassinada. Por quantas mortes ele era responsável? Quantas mais antes que a conta crescesse tanto ao ponto dele virar as costas para esses acontecimentos terríveis, voltar para o rancho do pai, se tornar um cowboy e viver uma vida sem matar mais ninguém?

Se recompondo, ele afastou tais pensamentos, respirou fundo e chutou a porta, quebrando as dobradiças do batente com pouca dificuldade. O som ecoou alto pela casinha, mas nenhuma resposta veio de dentro. Cole entrou.

Ele esperou, prendendo a respiração e se esforçando para ouvir. Ele notou o quão fria e escura a entrada parecia. O silêncio era tangível. Tão lentamente quanto podia, ele avançou.

A pequena sala onde a Sra. Randall o havia recebido no que parecia a Cole ter sido há uma vida, parecia em ordem e com poucos sinais de que algo havia acontecido. Ele seguiu em frente, parou do lado de fora do quarto e deu uma batida hesitante.

Ele abriu a porta e ficou parado do lado de fora, engatando o martelo da sua arma. Um fio de suor escorria pela sua testa.

Ele olhou para dentro e não pôde evitar de gritar.

Burnside desceu o degrau e se sentou ao lado de Cole.

- Isso é pior do que eu poderia imaginar.

- Essas pessoas, as que fizeram isso. - Cole virou a cabeça na direção da entrada aberta. - São todas monstruosas, sargento. Por que eles a matariam dessa forma?

- Talvez por que ela estava prestes a nos contar os planos deles? Quem sabe? Ela me parecia ser uma mulher boa e honesta, mas então... - Ele traçou uma linha irregular na terra com a ponta da sua bota. - Assim como o seu marido, esses rebeldes são audaciosos, calculistas e...

- Cruéis.

- Sim, isso, também.

- A culpa é minha. Se eu não tivesse vindo até aqui, não tivesse perguntado a ela sobre a Penny, então nada disso...

- Nada disso é culpa sua, filho - disse Burnside, colocando a mão no ombro do jovem batedor.

- De quem é a culpa, então? Você vai me dizer que é isso o que acontece durante uma guerra? Que inocentes morrem e que a humanidade e a decência comum são esquecidas? É isso?

- Quase isso.

- Eu não penso dessa maneira. Todo mundo tem as suas escolhas. Isso simplesmente não desaparece, trancando dentro de uma caixa e jogando a chave fora. Todos nós sabemos o que é certo e o que é errado. O que aconteceu aqui é errado, com guerra ou sem guerra. A Sra. Randall, Penny, a família dela, todas aquelas fazendas, não havia razão para que eles morressem.

Pressionando um dedo e o polegar em seus olhos, ele esperou que a sua raiva diminuísse.

Uma sombra caiu sobre ele e um par de botas incrustadas de poeira entrou em sua linha de visão. Ele olhou para cima. Um soldado com uma expressão séria estava lá, com os olhos correndo entre ele e Burnside. Cole enrijeceu e bateu continência:

- Peço desculpas, sargento...

- O que foi, filho?

O soldado fez uma careta.

- Me desculpe por informar isso, Sr. Burnside, mas...

- Você ainda pode me chamar de sargento, filho. Eu sei que sou o posto mais alto que resta nesse lugar, mas mesmo assim...

- Sim, senhor; quero dizer, *sargento*. É o Sr. Staines, senhor.

Cole levantou a cabeça.

- Staines? O que tem ele?

- É, humm, é o braço dele, sabe? O Sr. Shipman, o enfermeiro, ele fez o que estava ao seu alcance, mas parece... - Ele engoliu em seco.

- Desembuche, filho - disse Burnside com a voz fria.

- O Sr. Shipman disse que uma gangrena se desenvolveu na ferida, e não havia nada que ele pudesse fazer a não ser cortar o braço fora.

- Santo Deus - murmurou Cole e deixou seu rosto cair mais uma vez.

Burnside respirou fundo.

- Isso nunca acaba. Como ele está, filho?

- Bem, é isso mesmo, Sr. Burnside. Ele não está.

- Não está? Não está o quê?

- Não está, sargento. O Sr. Shipman fez o que pôde, mas o pobre homem, ele simplesmente não aguentou. Ele morreu, sargento, ali mesmo na mesa de operação. O coração dele. Acho que ele desistiu.

Sem dizer uma palavra, Cole se levantou. Ele assentiu com a cabeça para o soldado antes de voltar seu olhar para os portões abertos do forte. Ao lado deles, ele podia distinguir apenas a estrutura imponente de Arnoldson parado ali com dois cavalos.

- Já estou indo, sargento. Não quero ficar mais tempo aqui.

- Cole, traga-o de volta vivo. - Ele apertou os lábios. - Se você conseguir.

- Sim, se eu conseguir.

CAPÍTULO VINTE E QUATRO

Cole estava deitado de bruços, Arnoldson estava por perto e os cavalos estavam a uma certa distância mastigando tufos de grama da pradaria. Eles estavam atentos, a insistência implacável de Cole estava os levando à beira do colapso. Mas agora, tudo estava calmo. A trilha provou ser fácil de escolher. Pace, ansioso para colocar a maior distância possível entre ele e o forte, cavalgou com o seu cavalo sem pensar pelas planícies ondulantes fazendo um caminho pela grama e deixando um sinal inconfundível de direção que qualquer um poderia seguir.

- Você não vai acertar ele daqui - grunhiu Arnoldson, que estava olhando através do binóculo de Cole.

- Essa arma tem um alcance de mil passos - disse Cole, ajustando a mira calibrada do Luttich. - Vamos ver.

Ele prendeu a respiração e mirou.

O único tiro ecoou pela pradaria, quebrando o silêncio e fazendo com que os cavalos gritassem e esperneassem com os susto.

Arnoldson soltou um longo suspiro, baixou o binóculo e disse:

- E agora?

Cole se sentou.

- Eu diria que agora estamos seguindo Randall. Pace deveria estar indo na direção dele, provavelmente para algum ponto de encontro marcado.

- Eles estarão esperando.

- Na mesma casa de fazenda onde mataram Todd e Davies, o que não me admiraria.

- Então você conhece o caminho?

Cole assentiu com a cabeça.

- Vamos cavalgar devagar e, se eles estiverem lá, nós os encontraremos à noite.

- E quanto ao Pace? O que fazemos com ele?

Cole não olhou para o enorme sargento, o homem que tanto lhe ensinara.

- Coiotes? Urubus? Todos eles precisam de um bom café da manhã, você não acha?

- Nunca pensei que você se tornaria tão frio. Você mudou muito desde que me jogou no chão.

- Acho que sim. - Ele começou a recarregar metodicamente a carabina.

- O cavalo dele, vamos buscá-lo e trazê-lo conosco.

- Você faz isso. Eu vou em direção à fazenda. E vou andando para que você não tenha problemas para seguir.

Eles acamparam sem fazer uma fogueira. No ligeiro declive, a casa da fazenda se erguia. Em qualquer outro momento, a vista teria sido acolhedora, a fumaça saindo suavemente do topo da chaminé e um brilho laranja aconchegante saindo das janelas. Cole, no entanto, sabia o que realmente os esperava lá dentro.

- Nós vamos chegar com tudo - disse Cole. - Você fica na retaguarda e atira em qualquer um que conseguir sair. Se você vir o Randall, atire no braço dele. Ele é meu.

- Cole, não é isso que o Burnside queria. Ele disse para os levarmos vivos.

- Se você não está gostando disso, Arnoldson, me espere aqui.

Você disse agora há pouco que eu mudei. Bem, eu mudei, com certeza. Aquelas pessoas lá dentro? Elas assassinaram a Penny. E Randall matou sua própria esposa. Não vou perdoar nada disso, está me ouvindo? Vou acabar com eles e ponto final.

Arnoldson não respondeu. Em vez disso, ele sacou sua arma e, junto com Cole, atravessou o espaço aberto. Guiados pela luz ardente da casa de fazenda, a sua abordagem foi bem simples e, quando Arnoldson deslizou para os fundos do imóvel, Cole se posicionou a cerca de duas dúzias de passos da porta principal. Ele esperou, levou o Luttich até o ombro e disparou uma bala pela janela aberta. Então colocou a carabina de lado.

E foi então que o inferno começou, várias vozes aterrorizadas gritando de dentro da casa. Dois homens irromperam pela porta, vestidos com roupas íntimas sujas e armas em punho.

Cole também estava com as duas armas prontas.

Ele abateu aqueles dois homens, explodindo um deles de volta para dentro.

Correndo, Cole passou pela porta rapidamente. Ele percebeu a confusão ao seu redor. Havia três deles em vários estágios de nudez, lutando para encontrar suas armas de fogo. Outro derrubou a porta traseira e correu para fora. Cole ouviu o rugido satisfatório do grande Colt Walker de Arnoldson explodindo o invasor.

Cole atirou em dois dos outros de onde estava ajoelhado, então parou quando seus olhos recaíram sobre Randall.

Até aquele momento, Cole só tinha visto Randall de longe sem nunca ter falado com ele. Mas agora lá estava ele, um homem baixo, rosto profundamente marcado, um bigode grande de guidão e o cabelo comprido e oleoso penteado para trás.

- Você... - murmurou Randall.

- Você matou a sua própria esposa - disse Cole por entre os dentes.

- Ela não era uma esposa para mim - disse o ex-capitão, e pegou sua arma.

Cole continuou atirando até os martelos baterem em

cilindros vazios e Randall ficar imóvel, seu peito perfurado com buracos de bala e o sangue escorrendo pelo chão de madeira.

Entrando apressado pela porta dos fundos, Arnoldson soltou um suspiro alto.

- Santo Deus...

- Vamos incendiar o lugar - disse Cole, guardando suas armas. - Não queremos que esse lugar infeliz continue sendo um centro de atividades rebeldes.

Grunhindo, Arnoldson concordou e começou a preparar os vários móveis em pilhas desordenadas. Ele pegou o óleo da lâmpada e colocou pedaços de pano encharcados estrategicamente aqui e ali.

- E os corpos?

Cole balançou a cabeça e se virou.

- Apenas queime esse maldito lugar.

Burnside encontrou Cole de pé, de cabeça baixa, em frente ao túmulo de Penny. O sol já havia saído, afugentando o frio da manhã. Cole o reconheceu e, juntos, eles se afastaram do pequeno cemitério em direção ao forte.

- O exército está se reposicionando - disse Burnside. - Meu homônimo substituiu o McClellan. O major-general Burnside. - Ele riu - Lamento dizer, mas não temos nenhum parentesco.

No forte, Burnside parou.

- Eu mesmo estou sendo promovido. Segundo-tenente. É uma grande honra. Minha linda esposa está tão feliz que já decidiu comprar um aparelho de jantar novo para que possamos comemorar.

- Parabéns.

Ele enfiou a mão dentro da jaqueta e tirou um envelope.

- Espero que saiba costurar, Cole.

- Costurar? Como assim?

Burnside lhe entregou o envelope. Cole o rasgou e suspirou.

- Eu não quero isso.

- Não é apenas um reconhecimento da sua bravura, Cole, é mais uma garantia contra qualquer questionamento futuro sobre as suas decisões. Como você sempre disse, se aqueles homens tivessem obedecido às suas ordens, eles poderiam estar vivos.

- Mas talvez não teríamos descoberto quem estava tramando contra nós.

- Independentemente disso, Cole, você é um cabo agora. Então costure essas listras e me informe assim que terminar. Você tem trabalho a fazer.

Burnside bateu continência e Cole a retribuiu, embora não tivesse levantado a cabeça. Enquanto o tenente recém-promovido se afastava, Cole passou os dedos pelas listras e se perguntou o que sua mãe pensaria. Ela ficaria orgulhosa, ele sabia disso. Para ele mesmo, no entanto, o pensamento o encheu de pavor.

Fim da Segunda Parte

Caro leitor,

Esperamos que você tenha gostado de ler *Dias no Exército*. Reserve um momento para deixar uma crítica, mesmo que curta. A sua opinião é importante para nós.

Atenciosamente,

Stuart G. Yates e Next Chapter Team

NOTA DO AUTOR

A carabina Luttich era um rifle de percussão russo, copiado em 1843 do rifle britânico Brunswick. Usado extensivamente na Guerra da Crimeia, tornou-se a ruína das tropas britânicas devido ao seu longo alcance. Sua visão traseira é graduada para 1200 passos, uma distância notável para uma arma daquela época. Não é, portanto, inconcebível que nas mãos de um atirador treinado, ele possa atingir um alvo a mil passos, exatamente o que Cole fez com Pace nesta história!

Dias no Exército
ISBN: 978-4-82414-046-3

Publicado por
Next Chapter
1-60-20 Minami-Otsuka
170-0005 Toshima-Ku, Tokyo
+818035793528

25 março 2022